KB072841

빠라끌리또

paráclito

빠라끌리또 ㄱ

가프 장편 소설

초판 1쇄 찍은 날 § 2016년 4월 7일
초판 1쇄 펴낸 날 § 2016년 4월 15일

지은이 § 가프
펴낸이 § 서경석

편집책임 § 한준만

펴낸곳 § 도서출판 청어람
등록번호 § 제387-1999-000006호
등록일자 § 1999. 5. 31 .
어람번호 § 제1-2399호

주소 § 경기도 부천시 원미구 부일로 483번길 40 서경B/D 3F (우) 14640
전화 § 032-656-4452 팩스 § 032-656-4453
http://www.chungeoram.com
E-mail § chungeorambook@daum.net

ⓒ 가프, 2015

ISBN 979-11-04-90739-5 04810
ISBN 979-11-04-90549-0 (세트)

paráclito

빠라끌리또

⟨7⟩ 가프 장편 소설

도서출판
청어
람

paráclito
빠라끌리또

CONTENTS

1장 비녀를 거꾸로 꽂은 노파   7

2장 차포 떼고 붙어주마   61

3장 뜻은 길과 함께 가는 법   123

4장 아기집을 싹둑   153

5장 당신도 모르는 사이에   205

6장 묘한猫恨 그것   251

1장
비녀를 거꾸로 꽂은 노파

"살릴 자가 셋이라고요?"

"네!"

오소영이 대답했다. 승우와 오소영의 눈은 허공에서 마주쳐 있었다. 승우도 오소영도 시선을 거두지 않았다.

"셋이라면……."

"저, 그리고 제 약혼자, 그리고 약혼자의 어머니요!"

"……?"

"약속해 주세요."

"……."

"물론 꼭 들어달라는 건 아니에요. 혹 안 되더라도… 아까 제가 비몽사몽 본 그 모습처럼 최선을 다해주신다고만 약속해 주세요."

비몽사몽, 그녀에게 넋을 찾아주기 위해 뛰어내린 한강, 시간에 쫓겨 간절하고 간절했던 승우…….

그녀에게는 그 모습이 더 없이 미더웠던 모양이었다.

"그러죠."

승우는 고개를 끄덕였다.

무슨 일인지는 아직 몰랐다. 하지만 겨우 살려낸 여자를 다시 그 자리로 보낼 수는 없었다.

"6일 전에 부동산 사업가 한 명이 죽었어요. 경쟁사 직원에게 살해를 당했죠."

부동산 개발회사 글로벌의 마지웅 사장이다. 승우는 모르는 척 귀를 기울였다.

"그 범인이 제 약혼자예요."

약혼자!

여기까지도 알고 있는 일…….

승우의 마음이 그다음으로 질러갔다.

그이는 억울해요. 이용당했을 뿐이에요. 그러니 선처해 주세요.

하지만 오소영의 말은 갈래가 약간 달랐다.

"모든 게 이상해요!"

그녀가 시선을 바르게 들었다.

"뭐가 말입니까?"

"그 사람… 제가 잘 알아요. 겉은 무섭게 생겼지만 섬세하기 그지없거든요. 원래 예술가 집안이라고요."

'예술가?'

김혁의 말이 스쳐 갔다. 범인은 보석가공을 하던 친구…….

"호창 씨 아버지가 화각공예의 장인이셨어요. 중국 저가공세에 장인의 혼으로 맞서다 암을 얻고, 가산까지 모두 경매로 뺏기긴 했지만……."

"……."

"호창 씨가 그분 밑에서 일을 조금 배웠다가 돈이 안 되자 부동산 개발회사에 들어갔는데… 6일 전 밤에 갑자기 전화가 왔어요. 지방에 출장 나갔다더니 언제 올라왔는지 당장 만나야 한다고……."

6일 전.

마지웅이 살해되고 3일이 지난 날이었다.

"마침 취업 문제로 선배를 만날 선약이 있어서 내일로 미루자고 했는데… 죽어도 안 된대요. 그때가 아니면 영영 시간이 없다고……."

"……."

"울고 있었어요. 그 사람, 여간해서는 우는 사람이 아니거든요."

"……."

"결국 제가 약속을 미루고 나갔어요. 그런데……."

오소영의 눈빛이 그 순간으로 돌아갔다.

화각공예에 염증을 느낀 김호창. 모친의 수술비도 필요한데다 경매가 유망하다기에 배울 생각으로 노바다에 취업을 했다. 그러나 그가 모시게 된 상황실장 최기태는 진짜 조폭 출신이었다. 그게 비극이었다.

오소영을 만난 김호창은 반쯤 넋이 나간 표정이었다. 약속 장소도 이상했다. 까페나 술집도 아니고, 유흥가 건물 뒤의 너저분한 빌딩 입구였다.

"뭐야? 왜 이런 데서?"

그녀가 묻자, 김호창은 다짜고짜 그녀를 껴안았다. 오른손에는 붉은 피가 배어나온 붕대를 감은 채…….

"호창 씨! 손은 왜 그래?"

"아무 말도… 그냥 잠깐만……."

그녀를 안은 그가 어깨를 들썩거렸다. 가슴으로 우는 울음, 그녀의 예감이 불길한 쪽으로 건너갔다.

"무슨 일 있어?"

"오소영!"

격정을 참아낸 그가 그녀의 어깨를 잡고 마주 섰다.

"왜 그래? 사람 불안하게……."

"미안해. 그냥 그런 일이 좀 있어."

"그러니까 그게 뭐냐고?"

"이거 받아."

그가 내민 건 가방이었다.

"뭔데?"

"돈……."

"돈?"

"퇴직금 받았어. 엄마 수술비 하고 치료비 필요한 거 알지?"

"퇴직금은 왜? 그리고 그 회사는 퇴직금 같은 거 없다며?"

"실장님이… 실적 좋다고 봐줬어. 하지만 이 돈에 대해… 절대 누구에게도 얘기하면 안 돼."

"호창 씨……."

"우리 엄마 수술 좀 부탁해."

"그게 무슨 말이야? 호창 씨는 어디 가?"

"……."

"호창 씨!"

"아무튼 부탁해. 이 세상에 내가 믿는 사람, 너밖에 없는 기 알지?"

"진짜 왜 그래? 무슨 일 있지?"

"······."

"말해 봐. 나도 뭔 줄은 알아야 할 거 아냐?"

"그냥··· 그런 일 있어. 내일이면 알게 될 거야."

"호창 씨!"

"그동안 미안했다. 잘해주지도 못하고··· 맨날 성질만 내고······."

"점점······."

"반지, 빼 버려도 돼. 나 인간쓰레기야. 그러니 똥 밟았다고 치고 그냥 엄마 수술까지만··· 거기까지만······."

반지!

그건 김호창이 끼워준 것이었다. 김호창의 손가락에도 똑같은 것이 있었다.

"호창 씨······."

"송충이는 그냥 솔잎을 먹는 건데··· 하긴 그래도 엄마는 살릴 수 있으니······."

"대체 무슨 소리를 하는 거야?"

"아무튼 부탁해."

그 말을 남긴 김호창, 옆에 있던 쇼핑백을 집어 들었다. 순간, 오소영은 느꼈다. 그 안에서 풍겨오는 공포와 오싹함······.

"오싹함?"

듣고 있던 승우가 고개를 들었다.

"얼핏 보았지만 사시미칼이었어요. 피가 잔뜩 묻은 붕대에 둘둘 말려진… 게다가 그 사람 손에도 붕대가……."

사시미칼과 피 묻은 붕대!

마지웅을 담근 범행 도구인 모양이었다.

"그게 자유인 호창 씨를 본 마지막이었어요. 사시미칼을 꺼내 들더니 쇼핑백은 배수구에 처박고는 사라졌어요."

"……."

"전화를 했지만 이미 꺼졌더군요. 그리고… 다음 날 알았어요. 호창 씨가 살인을 저지르고 자수했다는……."

"후우!"

"경찰서로 달려갔는데 면회가 안 돼요. 애를 태우다 호창 씨가 모시던 상황실장을 만났는데… 호창 씨가 엄마 걱정을 많이 한다면서 변호는 회사가 지원할 테니 걱정 말고 수술이나 잘 진행하라고 말했어요."

"……."

"하루 내내 멍 때리고 있다가… 일단 수술은 진행해야 할 거 같아서 호창 씨가 맡긴 돈 가방을 들고 나왔는데……."

와다당!

작은 이면도로에서 오토바이가 달려들었다. 가방을 채가는 데는 1초도 걸리지 않았다.

어! 하는 순간, 오토바이는 벌써 수십 미터를 달려간 후였다.

CCTV가 없는 이면도로. 오소영이 기억하는 건 헬멧을 쓴 2인조 날치기라는 사실 하나. 본능적으로 전화기를 꺼냈지만 신고할 수 없었다. 돈에 대해 비밀로 하라는 김호창의 말 때문이었다.

사흘을 앓아누웠던 오소영, 검색을 통해 애인의 보도를 접했다.

―부동산 개발 기업들 과잉 경쟁 참사, 경쟁사 사장 살해해 변기에 유기!

―살인으로 이어진 20대의 헛된 충성심!

―검경 촉각 곤두, 본보기 차원에서 무기징역이나 사형구형 예상!

사형!

법을 잘 모르는 오소영. 그녀는 구형과 선고의 개념이 없었다. 사형, 오직 그 단어만이 그녀의 뇌리 안에서 아우성을 쳤다. 그림이 그려졌다. 복잡했다. 중요한 건 그가 맡긴 2억을 잃어버렸다는 사실 뿐이었다. 김호창의 어머니까지 죽게 될 거라는 결론뿐이었다. 결국, 그녀는 한강으로 향하게 되었다.

미안하다는 말만을 되뇌이면서.

"아까 세 명을 살려달라고 했나요?"

이야기를 경청한 승우가 오소영을 바라보았다.

"네!"

"그렇다면… 김호창이 무죄라는 얘기로군요?"

"네!"

그녀는 몹시 단호했다.

"근거가 뭐죠? 제 사건은 아니지만 본인의 자백, 범행도구, 같이 있던 사람들의 증언에도 문제가 없다던데……."

"그이는 사람을 못 죽여요. 공예 칼은 만져도 사시미칼 같은 건 만지지도 않는다고요."

"그건 좀… 김호창 집 압수수색에서 사시미칼이……."

"음모예요. 누군가 가져다둔 걸 거예요."

"음모?"

"제 목숨을 걸고 맹세해요. 이건 뭔가 잘못되었어요. 우리 호창 씨는 범인이 아니라고요!"

우리 호창 씨!

그렇게 셋이었다. 김호창, 그의 어머니, 그리고 오소영…….

"그럼 당신이 의심하는 사람은요?"

"둘 중 하나예요. 최 실장 아니면 장 사장……."

"근거는요?"

"얼마 전에 술김에 그런 말을 했었어요. 호창 씨 사장이 쓸 만한 건물을 잡았는데 마 사장이 끼어들어서 분노하고 있다고……"

"그 건물이 이번 사고가 난 그 건물인가요?"

"그래요. 그때 왠지 재수가 없다더니……"

"그건 무슨 말이죠?"

"잘 몰라요. 그 건물을 돌아볼 때 배가 아팠대요. 그래서 1층 빈 화장실을 여는데 갑자기 창자가 콱 막히는 듯 하며 머리가 깨질 것 같았대요. 결국 두통 때문에 화장실이 아니라 응급실로……"

"알았으니까 한 가지만 부탁해요. 이 시간 이후로 다시 의식을 잃어버리세요."

"네?"

"오소영 씨 말이 사실이라면 저들이 이쪽에 감시를 붙였을 수도 있습니다. 무슨 뜻인 줄 알겠죠?"

"예……"

"일단 조사해 볼 가치는 있을 것 같군요. 그러니 푹 주무세요."

"검사님……"

"그런데 그 반지……"

승우가 붉은 반지를 가리켰다.

"그거 김호창이 줬다고 했나요?"

"네……."

"그도 끼웠다고요?"

"네……."

"화각공예를 배웠다더니 그가 만든 건가요?"

"아뇨, 호창 씨 아버지가 만들었다고 들었어요."

"김호창의 아버지?"

"말년에 암투병을 하면서 세 개를 만들었대요. 33일에 하나씩 세 개……. 그래서 어머니에게 하나 끼워주고, 호창 씨에게 두 개를 주며……."

김호창에게 두 개.

먼 훗날 여자가 생기면…….

묻지 않아도 알 일이었다.

"잠깐 볼 수 있어요?"

"안 돼요. 이게 어쩐 일인지 안 빠지더라고요."

오소영이 손을 내밀었다. 정말이지, 그녀가 용을 쓰지만 반지는 나오지 않았다. 신기한 일이었다. 그렇게 빡빡한 것도 아닌데…….

"알겠습니다. 그냥 두시고 날치기 당한 장소하고 김호창 어머니 인적사항이나 적어주세요."

반지 보는 건 포기했다. 무리해서 빼다간 손가락을 다칠 일이었다. 승우가 메모를 내밀자, 오소영이 볼펜을 잡았다.

잠시 후에 승우가 병실을 나왔다. 날치기 범들……

검은 가죽 재킷, 목 부분의 벨트 모양 장식. 메모 위에서 두 가지 특징이 승우 눈을 파고 들어왔다. 하지만 승우의 눈에는 붉은 화각반지가 아른거리고 있었다.

왠지 마음을 끄는 반지였다.

*　　　　*　　　　*

지검으로 돌아온 승우는 김혁을 만났다.

"김호창?"

"응."

"송 검사 사건이랑 엮인 거 있어?"

책상에서 조서를 검토 중이던 김혁이 소파 쪽으로 내려왔다.

"현장검증까지 끝난 건가?"

"응. 마무리해서 공판에 넘기려고."

"나 그 자료 좀 보여줘."

"뭔지 말을 해야……"

"범인 친구 애인을 만났거든."

"그 한강에 투신해서 의식불명이라는?"

"내가 운 좋게 의식을 찾아주었지. 하지만 일급 보안!"

승우가 피식 웃음과 함께 말했다.

"정말?"

"비싼 밥 먹고 농담하겠어? 아무튼 그 여자 말이 여러 가지가 석연치 않다는 거야. 게다가 그 직후에 거액을 털렸고."

"거액?"

"그런 거 있어."

"오케이, 잠깐만!"

김혁은 윤 수사관을 시켜 사건 자료를 취합해 왔다.

"이건 증1호 사시미칼!"

첫 번째 사진은 날만 26㎝에 이르는 사시미칼이었다.

"이건 집에서 압수한 흉기들……."

다시 이어지는 새 사시미칼 두 개… 길이는 대동소이했다.

"다른 건 없어?"

"아, 자잘한 화각공예 도구들… 아버지가 쓰던 것이라던데 범행하고는 상관없을 거 같아서 그냥 두었어."

"……."

"이게 바로 범인 김호창……."

김호창의 사진은 여러 장이었다. 야구모자를 눌러쓰고 푹 숙인 고개 안에서 체념이 엿보였다. 그리고… 오른손에는 붕대가 감겨 있었다.

"범행에 쓴 칼에서 마지웅의 혈흔과 김호창의 혈흔이 함께 나왔어. 김호창 손의 상처 보이지? 이놈이 무식하게 힘으로만 담그다 보니 제 손에도 상처가 난 모양이더라고."

　"그 친구 범행 순간 확실하게 기억해?"

　"그건… 아니고. 뭐 자기도 정신이 없었다네."

　"완벽하군."

　"응. 경찰수사에도 하자는 없었어."

　"공범은?"

　"없어."

　"CCTV는 확인?"

　"그런 게 없어. 최근 두 회사가 경매에서 종종 마주쳤는데 이번에 덩치가 큰 건물 인수문제로 부딪쳤나 보더라고. 그래서 사장끼리 조용히 담판을 짓기로 한 모양인데 충성심 높은 김호창이 숨어 있다가 먼저 온 마지웅을 작업하고 튀었다는 거야."

　김혁은 장덕칠을 의심하지 않았다. 완벽한 알리바이에 전과도 없고 김호창의 자수 설득에도 기여를 했기 때문이었다.

　"새로 들은 정보가 뭔데 그래?"

　사진을 내려놓은 김혁이 물었다.

　"그 친구가 무죄라는 것!"

　"단지?"

그건 아니었다. 승우는 사무실로 들어오기 전에 구치소에 들렀다. 거기서 잠깐 본 김호창에게 주검의 흔적은 없었다. 단지, 김혁에게 말할 수 없을 뿐이었다.

기억에 남는 건 역시 반지.

생각대로 오소영의 것과 똑같았다. 붉은 물결에 붉은 점 세 개가 새겨진, 소박하면서도 숭고한…….

"좀 황당하긴 하겠지만 제보자가 믿을 만해서 말이야. 그래서 말인데… 기분 나쁘지 않으면 공판부에 넘기는 거 며칠만 미뤄주면 안 될까? 따로 몇 가지만 좀 알아보고 싶어서……."

"어느 정도 신뢰도인데?"

"200%?"

"100%도 아니고 200%?"

김혁이 시선을 바짝 치켜들었다.

"죽었다 깨어난 사람이잖아. 그러니 2인분으로 쳐서 200%."

"……."

"……."

"콜! 200%라는 데야……."

김혁은 짧은 생각 끝에 흔쾌히 동의를 했다. 필요하면 지원 약속까지도 해주었다. 둘 사이에는 이미 신뢰가 싹 터 있는 까닭이었다.

노바다 부동산 개발.

경매전문회사 중에서도 썩 잘나가는 곳. 부동산 상가나 공장부지 등 경매로 나온 건물의 대지만 싸게 낙찰받은 후에 건물주나 상인을 내쫓는 식으로 덩치를 불려왔다.

글로벌개발 역시 그런 식으로 덩치를 키우던 기업. 방향이 같다보니 종종 충돌이 생길 수밖에 없었다.

노바다 부동산 개발의 사장은 장덕칠!

그는 두 라인을 휘하에 두고 있었다. 기획실과 상황실.

기획실은 물건 사냥 전문팀이었고 상황실은 뒤처리 전담이었다. 경매란 좋은 물건이 우선. 자연 상황실이 기획실에 비해 밀렸다.

상황실장 최기태, 뒤처리를 맡다 보니 부작용도 나왔다. 작년 연말에는 상가입주 상인들의 기를 누르지 못해 다 낚은 건물을 포기하기도 했단다.

'최기태가 궁지에 몰렸겠군.'

조회해 보니 그는 폭력폭행 전과가 화려했다. 연장도 단골로 사용했다.

이번 사건이 일어난 건물은 시가 100억 원에 육박하는 초대형 물건. 이 건에서 존재감을 과시하면 입지의 역전도 바라

볼 수 있는 일이었다. 무리수를 둘 만한 소지가 엿보였다.

그사이에 석 반장은 다른 수사관들과 경찰 인력을 총 동원해 CCTV를 뒤지고 있었다.

하나는 마지웅 살인 사건 인근의 것!

또 하나는 오소영의 날치기 현장!

양쪽 공히 반경 3㎞를 반경으로 잡고 대로변부터 안으로, 안으로 좁혀 나갔다.

날밤을 새고서야 장덕칠이 포착되었다. 사건 장소인 건물로부터 800미터 떨어진 가건물 창고 뒤였다. 불법투기 쓰레기 감시카메라에 걸린 장덕칠은 대포차에 타고 있었다. 차에서 내린 사람은 모두 네 명. 양평의 별장에서 회식을 했다던 알리바이가 깨지는 순간이었다.

장덕칠, 최기태, 양춘삼, 구시찬!

양춘삼과 구시찬은 김호창과 함께 최기태의 직속 라인이었다. 양춘삼과 구시찬이 앞을 살피고 그 뒤를 장덕칠과 최기태가 장식했다.

최기태 부분을 확대했다.

손에 봉투 하나를 들었는데 뭔지는 알 수 없었다.

한참 후에 네 명이 돌아왔다. 이번에는 분위기가 달랐다. 양춘삼과 구시찬이 앞서 뛰고 있었다. 장덕칠을 수행하는 최기태도 잔뜩 긴장한 모습이었다. 다만, 옷은 변화가 없었다.

장덕칠과 최기태의 와이셔츠가 멀쩡한 것이다.

낭자한 혈흔!

그걸 기대하던 마음은 살짝 빗나가 버렸다. 최기태의 손에는 갈 때와 다른 게 들려 있었다. 넷이 탄 차는 어둠 속으로 사라졌다.

손을 확대했다. 최기태 손의 물건은 사시미칼로 보였다. 피묻은 붕대로 칭칭 감겨 있지만 길이와 볼륨으로 보아 그렇게 짐작되었다. 문제가 될 건 없었다. 최기태라면 사시미칼을 옆구리 쪽 벨트나 뒤쪽 벨트에 감춰 다닐 수도 있었다.

차량 주차거리에서 사건현장까지는 약 800미터. 시간 또한 마지웅의 사망에 근접하고 있었다.

'최기태……'

그의 손에 들린 사시미칼.

장덕칠과 함께 담판을 지으러갔다가 여의치 않아 마지웅을 담궜다.

예상 시나리오로는 나쁘지 않았다.

승우는 최기태의 소환을 결정했다. 그때 석 반장에게 전화가 걸려왔다.

—날치기 범들 단서 잡았습니다요.

또 하나의 낭보였다.

이 건은 분석 경찰관의 눈썰미가 한몫을 했다. 오토바이가 아니라 옷을 보고 범인을 찾아낸 것이다.

승우가 넘겨준 오소영의 기억. 검은 가죽 재킷과 목에 달린 벨트 모양의 장식물……

범인이 오토바이를 은닉하거나 버리고 도보로 걷는다는 가정을 하고 그 시간대 위치의 CCTV를 엿보다 그런 차림을 잡아냈다. 그들은 어느 골목에선가 불쑥 걸어 나왔다. 그런 다음 골목 끝에서 두 사람을 만났다.

하나는 검찰에서, 또 하나는 경찰에서!

약간의 시차를 두고 두 개의 단서가 승우에게로 올라왔다.

"……!"

그걸 본 승우의 눈에 불꽃이 튀었다. 날치기 범인들과 만나는 사람들의 모습이 낯익었던 것. 그 낯익음은 먼 데 있지 않았다. 바로 최기태의 직속 부하. 양춘삼과 구시찬이 그들이었다.

대가리부터 해결을 하기로 결론을 내린 승우, 최기태에게 소환장을 보냈다.

기업이라는 보호막 뒤에 몸을 숨긴 조폭들. 그들의 몫은 야전지휘였다. 책임도 대부분 그들이 진다. 그렇게 보면 이번 사건은 최기태가 기획, 연출, 수습을 했을 가능성이 높았다.

하지만 실망이었다. 차에서 내린 최기태를 본 승우는 고개를 저었다. 김호창과 마찬가지였다. 주검의 영기는 느껴지지 않았다. 한 번 더 집중해도 결과는 같았다.

'이럴 리가?'

예상이 완전히 빗나가 버렸다.

심문하지 않았다.

2시간여를 조사실에 둔 후, 그대로 내보냈다. 수사관들이 의아한 표정을 지었지만 승우는 복안이 있었다.

최기태가 돌아간 직후, 이번에는 양춘삼과 구시찬이 불려왔다.

둘의 표정에는 여유가 있었다. 먼저 소환된 최기태가 별일 없이 나왔기 때문이었다. 걸고넘어질 게 없는지 검사 놈은 코빼기도 안 보이더라는 무용담(?) 또한 크나큰 위로였다.

그런데 이번에는 승우의 태도가 완전히 달랐다.

조사실에서 기다리던 승우, 다짜고짜 양춘삼의 쪼인트부터 내질렀다.

"윽!"

쓰러졌던 그, 승우가 노려보자 엉거주춤 일어섰다. 승우의 발이 다시 작렬했다. 일어나면 내지르고, 또 일어나면 또 내질렀다. 오직 양춘삼만을. 쪼인트만을.

"……!"

양춘삼은 바닥에 쓰러진 채 승우를 바라보았다. 승우의 시선은 구시찬에게로 넘어갔다. 한 대도 맞지 않았지만 그는 양춘삼보다 더 불안한 얼굴이었다.

"이 친구는 옆방으로!"

지시가 떨어지자 권오길이 그를 데리고 나갔다.

"내 소문 들었지?"

승우, 나뒹구는 의자 옆에 주저앉은 양춘삼을 바라보았다. 양춘삼은 마른침을 넘겼다. 모를 리 없다. 소환 명령을 받자마자 그들은 주변의 안테나를 통해 승우에 대해 알아보았다. 결과는 최악이었다.

개막장 검사.

잠깐 동안 풀어졌던 긴장이 극한으로 솟구쳐 올랐다.

"빨리 협조하고 끝내자. 응?"

"뭔지 알아야······."

휘익!

대답과 동시에 승우의 발이 바람을 갈랐다. 하지만 쪼인트를 지르지는 않았다. 그의 발은 양춘삼의 정강이 앞에 아슬아슬 멈춰 있었다.

"노닥거릴 시간 없으니까 빨리 불어."

"그러니까 뭘 물으시는지······."

"가방 날치기, 그리고 2억!"

승우의 직구가 날아갔다.

"······!"

"돈 어디 있어? 어떤 놈들이 여자의 가방을 채서 튀었는데 너희가 받아가는 걸 찍은 CCTV가 있으니까 빨리 말해."

"……."

"이 새끼가 그래도!"

"집… 이불 아래……."

"고스란히?"

"그게… 걔들 좀 주고 시찬이와 반땅!"

"정확하게!"

"애들 500씩 주고 유흥업소 가서 질펀하게 노느라 각 300 정도……."

800 곱하기 2. 그러니까 1600만 원이 빈다는 얘기였다.

"그거 누구 오더야?"

"예?"

"좋아. 그건 중요하지 않으니까 나중에 얘기하고… 오픈 게임은 됐으니까 이제 본 게임으로 넘어가 볼까?"

"본, 본 게임요?"

본 게임이라니?

그렇다면 날치기는 안중에도 없다는 의미.

양춘삼의 눈에 벼락같은 당혹감이 스쳐 갔다.

"너희 회사에 일어난 초대형 사건……."

"……."

"어차피 아까 다 들은 이야기 확인 차원이야. 적극 협조하면 너는 구속하지 않겠다."

승우, 손도 안 대고 돌려보낸 최기태를 떡밥 삼아 승부수를 띄웠다.

꿀꺽!

양춘삼이 또 한 번 마른침을 넘겼다.

최기태… 사실 그가 아무 일 없이 나왔다고 했을 때 좀 의아하긴 했었다. 그런데 이렇게 승우를 겪고 보니 짐작이 갔다. 이런 독종 검사 놈이 그냥 보냈을 리가 없었다.

말하자면 최기태 역시 딜을 하고 풀려난 것.

'개자식이 저만 살려고.'

양춘삼은 자신의 생각을 믿어버렸다.

"서둘러라. 옆방의 네 친구도 똑같은 제의를 받고 있을 거야. 봐줄 수 있는 놈은 한 놈뿐이야."

승우가 양춘삼을 닦아세웠다.

"……?"

"아직 상황 파악 안 되냐? 너희 둘 아니어도 협조할 놈들은 천지에 널렸어."

끈을 더 조였다. 잔머리에 능한 인간들에게는 생각할 틈을 주지 말아야 했다.

"협조하겠습니다."

마침내 충성과 의리라는 미명하에 양춘삼의 눈을 가리던 막이 떨어져 나갔다.

"장덕칠이야 최기태야?"

승우, 핵심부터 물었다.

"그게. 둘 다 좀 이상하기는……."

"무슨 소리야?"

"아, 미치겠네……."

말을 더듬던 양춘삼, 제 머리를 벅벅 긁으며 몸서리를 쳤다.

'또 다른 건이 있군.'

승우의 촉이 확 일어섰다. 그렇다면 그냥 지나갈 승우가 아니었다.

"미치지 말고 다 불어. 어차피 너희 놈들 내사하는 대형 사건이 한둘이 아니거든!"

"그럼… 그 건까지 알고 있다는 말씀입니까?"

그건?

"이 새끼가 검찰을 뭘로 알고!"

승우는 표정 관리를 제대로 했다.

"후우!"

잠시 깊고 깊은 날숨을 쏟은 양춘삼, 뜻밖에도 상상 외의 사건을 꺼내놓았다.

"솔직히 저는 딱 두 개 밖에 모릅니다. 이번 사건은 누가 담궜는지 모르고……. 저번에 선유홍이는 아무래도 사장님이……."

"계속해!"

"그게… 그러니까 이번 건물 인수 작업하려고 세 번째 현장 조사하고 난 후였을 겁니다. 보고서 가져 간 유홍이가 사장님 방에서 갑자기 피를 쏟고 죽었다고… 경찰이 알면 시끄러우니까 몰래 치우라고 해서……."

"그 안에는 누가 있었어?"

"사장님과 최 실장님……. 그런데 사장님 손과 옷에 피가……."

"장덕칠이 확실해?"

"저희도 놀란 게, 사장님이 원래 빈틈없는 분인데 그날부터 눈빛하고 말투가 이상해졌습니다. 어떻게 보면 맛탱이가 간 것도 같고……."

"맛탱이라니?"

"그 건물 1층 상가에서 사장님이 화장실을 보고 난 후에… 불이 나갔는지 전기가 안 들어와 라이터 켜고 일을 보셨는데, 끝나고 물을 누르자 물이 거꾸로 치솟는 통에 똥물을 뒤집어쓰고 나온 적이……."

"지금 장난하냐?"

"정말입니다. 그 맨 끝 화장실이 귀신 들린 것처럼… 호창이 놈도 거기 들어가려다 응급실에 실려 갔었고, 유홍이는 거기서 볼일 보고 온 후에 죽고… 사장님도 저주라도 걸린 듯……."

"저주……?"

"사실 마지웅 사건 때도 다른 좋은 장소 놔두고 그 건물에서 만나셔야 한다고 고집을 부리시더니 결국 그 사단이……."

"무슨 헛소리야?"

"헛소리 아닙니다. 그 화장실에 귀신 붙은 거 틀림없다니까요."

응?

쭉쭉 내달리던 승우, 거기서 브레이크를 밟았다. 마음에 걸리는 말이 몇 개 겹친 것이다.

한 사람은 응급실에 실려 갔다.

또 한 사람은 죽었다.

또 한 사람은 맛탱이가 갔다.

거기에… 화장실 물이 거꾸로 솟았다.

장덕칠에게 일어난 두 건의 살인… 사실이라면 도무지 어울리지 않는 극단의 선택…….

뭔가 있었다. 그것도 아주 심각한!

끼익!

승우의 자가용이 문제의 건물 앞에 멈췄다. 궁금증 때문에 달려온 것이다.

뒤숭숭한 일이 겹치면서 상권이 완전 몰락한 빌딩. 늦은 밤의 풍경은 스산하기만 했다. 낡은 상가에는 사무실이 없었다. 형편이 이러니 그 흔한 CCTV조차 달지 않았다.

"이쪽이 입구입니다."

동행한 차도형이 손짓을 했다. 일단 현장부터 볼 생각이었다. 출입구를 지나 통로를 따라 걸었다. 거기서 상가 복도가 갈래를 쳤다. 현장은 출구가 보이는 외진 구석이었다.

외졌다.

손님들의 발길이 뜸해지면서 밤 10시만 넘으면 인적이 거의 끊기는 형편. 어쩌면 빈 건물 같은 착각이 들기도 했다.

"여깁니다."

차도형이 현장 앞에 멈췄다.

"깨끗한데요?"

흔적은 보이지 않았다. 하지만 그건 차도형의 입장이었다. 승우의 오감은 이미 마지웅의 주검을 감지하고 있었다.

사방의 빈 벽과 상가의 문들이 목격자였다. 실제 그곳에서는 주검의 미묘한 냄새가 아른거렸다.

1층 상가를 다 돌아보고 맞닥뜨리는 그 끝……

혹은 2층에서 내려오는 비상구의 구석……

1층을 돌아보고 작업에 돌입했는지, 혹은 2층을 보고 내려와 그랬는지는 알 길이 없었다.

'마지웅의 영기는 흔적뿐……'

아마 먼 길을 떠난 모양이었다. 사자(死者)들이 이르는 그곳… 그곳에서 승우를 지켜보고 있을지도 모를 일이었다.

"화장실 좀 다녀올게."

차도형을 두고 왼편으로 돌았다. 화장실은 두어 걸음으로 닿는 구석에 있었다. 왼쪽은 여자, 오른쪽은 남자…….

끼이이…….

허술한 문이 열리는데, 전등이 나가 있었다.

출입문을 활짝 열었다. 그 여명을 빛으로 삼으니 그럭저럭 살펴볼 만했다. 하긴, 차라리 다행이었다.

청소부가 없는 건지, 아니면 관리 소홀로 인근 취객들이 단골인지 최악의 풍경이 가득했다. 세면기에는 누군가 오바이트를 해놓았고, 구석의 쓰레기통은 잡쓰레기로 넘치고 있었다.

맨 앞 화장실은 더 심각했다. 휑하니 열린 문 안의 양변기에는 뭔가가 덕지덕지 묻었다. 안 봐도 무슨 칠인지 알 것 같아 문을 닫아버렸다.

마지막 네 번째 화장실…….

김호창이 정신을 잃었다는 그 앞에 섰다.

선유홍이 여기 들어갔다 나온 후에 죽었다는 그 앞에 섰다.

재수 없는 화장실, 마지웅의 사체가 유기된 그 화장실…….

아직도 또렷한 주검이 승우의 오감을 넘어왔다. 마지웅의 것이었다.

그러다…….

"……!"

승우는 재빨리 몸을 돌렸다. 느리지만 묵직한, 또 하나의 영기를 감지한 것이다.

'사방…….'

사방이었다. 화장실 안 가득한 영기… 헐겁고 느리지만 아주 끈적한!

승우는 불끈 영력을 발산하고는 네 번째 화장실을 열었다.

'아!'

승우, 다시 한 발을 물러섰다. 처음에는 분위기였다. 투명한 분위기……. 하지만 눈을 감았다 뜨니 형체가 보였다.

그 화장실의 낡은 좌변기. 그 위에 닿을 듯 말 듯 흔들리는 버선 신은 발 하나. 승우의 시선이 조금씩 위로 올라갔다.

회색으로 천장까지 툭 터진 화장실. 그 천장 시멘트 사이로 흰 뼈가 드러나듯 불거진 철근이 보였다.

대롱거리는 줄은 철근에 걸려 있었다.

그 줄에는 이미 오래전에 죽은 노파의 영기……. 머리에는 거꾸로 꽂은 비녀…….

여기서 목을 매달았다. 무슨 한이 깊어 아직도 머무는 걸까? 승우가 빈 허공에 손을 뻗자, 영기는 스르르 흩어져 버렸다.

"할머니예요!"

언제 나왔는지 민민이 말했다.

"그래."

"20년은 된 것 같아요."

"그래⋯⋯."

20년. 그렇다면 이 건물을 지은 지 2년쯤 후라는 얘기였다. 할머니⋯⋯.

왜 여기서 목을 매었을까? 왜 남자화장실에서⋯⋯.

"검사님⋯⋯."

생각에 골똘할 때 차도형이 다가왔다.

"나 여기 있어."

"으아, 살인이 일어난 화장실에서 불도 없는데 뭐 하시는 겁니까? 게다가⋯ 으억, 여긴 오바이트까지⋯⋯."

어스름 속에서 누군가의 만행을 발견한 차도형이 몸서리를 쳤다.

"그 뒤에 누가 서 있는데?"

"뒤, 뒤요?"

차도형, 잔뜩 긴장한 채 발을 떼지 못했다.

"귀신!"

"으악, 으아악!"

차도형은 깜짝 놀라는 소리는 냈다.

"아, 진짜! 검사님도……."

"살인범도 안 겁내는 사람이 귀신은 겁나?"

승우가 웃었다.

"분위기가 딱이지 않습니까? 마치 귀곡성 같은 건물에 불 꺼진 화장실… 여기저기 흐트러진 하얀 휴지뭉치들……."

"상인들 다 들어갔어?"

"두 집 정도는 남은 거 같던데요?"

승우는 그 말을 뒤로 하고 화장실을 나왔다. 후우, 차도형은 숨을 고르고 승우의 뒤를 따랐다.

*　　　*　　　*

"저 끝의 수예점이 여기 산증인 입주자입니다."

막 문을 닫으려던 인테리어 주인이 가운데 상점을 가리켰다.

"수예점? 아직 이런 가게도 있네요?"

차도형이 고개를 갸웃거렸다.

그건 승우도 그랬다. 수예점 같은 게 아직도 남았다니? 어쩐지 80년대로 돌아가는 느낌이었다. 세탁소를 지나 수예점에 닿았다. 그 주인 역시 주섬주섬 가게를 마무리하고 있었다.

"안녕하세요?"

승우가 들어가 인사를 했다.

"뭐 찾으세요?"

60대의 남자가 물었다. 수예점에 남자주인. 조금은 생소한 풍경이었다.

"주인이세요?"

"간판 보면 모르세요?"

주인이 간판을 가리켰다. 그러고 보니 〈부부 수예점〉이었다.

"뭐 사실 분 같지는 않은데?"

"아, 예. 뭐 좀 여쭤볼 게 있어서요."

"경찰… 입니까?"

"검찰입니다."

승우가 신분증을 꺼내 보였다.

"어이쿠, 검사님! 높으신 분이네……."

주인은 푸근하게 웃었다. 꼭 석 반장을 닮은 미소였다.

"이 상가에 제일 오래 계셨다고요?"

"예. 나름 여기 귀신이죠."

"이런 거 여쭤보기 좀 그렇습니다만……. 화장실 말입니다. 저기서 옛날에 목 매달아 죽은 사람 있나요?"

"에? 이제 그것까지 수사합니까?"

주인이 파뜩 고개를 들었다.

"아시는군요?"

"그럼요. 그거 발견한 사람이 나거든요."

"……?"

"그런데 그걸 이제 와서 왜? 이번 살인 사건하고 연관이 있나요?"

주인이 물었다. 상인들은 원래 눈치가 빠꼼이다. 오랜 시간 손님을 대하다 보니 눈빛만 봐도 '어' 할지 '아' 할지 아는 것이다.

"그건 아니고, 수사 중에 용의자들이 귀신 어쩌고 헛소리를 하길래 확인차 왔습니다."

"에이, 그렇다고 귀신까지는… 그런 건 헛소문입니다. 우리 건물 망하게 하려는……."

주인은 바로 손사래를 쳤다.

"그럼 아시는 대로 좀……."

"그럽시다. 그렇잖아도 우리 조카가 이번에 판사 시험에 합격했어요. 그 뭐라더라 로 무슨 클럽……."

"로클럭요?"

"아, 맞다. 로클럭! 이번 일로 그놈에게 자문 좀 받았는데 검사들도 고생이 많을 거라더군요."

"이해해 주셔서 고맙습니다.

"일단 앉으세요."

주인은 작은 의자를 당겨주었다.

"그게 벌써 한 20여 년 되었지요. 우리가 이 가게 차리고 두어 해 지나서 일어난 일이니……."

주인의 이야기는 간단했다.

당시 70여 세의 건물주인 할머니.

모진 풍파와 고생 끝에 모은 돈으로 지은 건물이었다. 그런데 문제가 생겼다. 공사 과정에서 사기를 당했다.

돈 모으는 것밖에 모르던 할머니, 송사를 걸었지만 패소했다. 결국 건물이 경매로 넘어가고 말았다. 피눈물로 이룬 빌딩을 뺏기게 된 할머니, 그 억울함을 증명하기 위해 이 건물 화장실에서 목을 매었다.

"그런데 왜 남자화장실에서?"

이야기를 듣던 승우가 물었다.

"그게… 그때는 남녀 구분이 없었거든요."

'아!'

이 의문은 간단히 해결되었다.

"좀 뒤숭숭하셨겠군요?"

"그때는 좀 그랬지요. 우리가 생각해도 할머니가 원통할 것 같았거든요. 그래서 당시 상인회장이 의견을 내서 용한 무당까지 데려다 고사를 지내줬어요. 어쨌든 우리야 상가가 번창해야 하니까……"

"그 후로 별문제는 없었습니까?"

"그게……"

주인이 말끝을 흐렸다. 아무 문제가 없는 건 아닌 모양이었다.

"별거 아니더라도 부탁드립니다. 소문 같은 것도 괜찮습니다."

"그게 소문인 것도 있고 사실도 있고……"

"말씀해 주세요."

"에이, 그럽시다. 어차피 요즘 젊은이들이 그런 거 믿을 것도 아니고……"

주인이 다시 말을 이어갔다.

건물 주인은 그동안 네 번 바뀌었다. 그러니까 장덕칠이 차지하면 다섯 번째가 될 판이었다.

"그게 이 건물의 팔자인지… 처음에 그렇게 주인이 바뀌니 매번 경매다 차압이다 문제가 생겼어요. 그리고 그렇게 바뀐 주인 양반들에게, 딱 한 명만 빼고 차례차례 이상이 생기는 바람에 헛소문이 돌게 된 겁니다."

차례로… 한 명도 아니고 차례차례?

한 명만 제외라면, 적어도 세 명의 건물주가 불행과 마주쳤다는 얘기였다.

첫 번째는 교통사고로 하체 마비.

두 번째 건물주는 뇌출혈을 일으켜 반신불수.

세 번째, 건너뛰고…….

네 번째 건물주는 형제들과 재산 다툼에 휘말려 동생을 찔러 죽였다.

"그런데 그게……."

수예점 주인이 고개를 저었다.

"……."

"우습게도 다 그 할머니가 목 매달아 죽은 화장실을 쓰고 간 후에 그렇게 됐다는 거죠."

"사실입니까?"

승우의 미간이 급속 좁혀졌다.

"자세한 건 나도 모릅니다. 나 먹고 살기도 바쁜 판에 건물 주인들 똥구멍 따라다닐 이유도 없고……."

"한 번은 왜 예외죠?"

"글쎄요. 그 양반은 건물을 뺏는 게 아니고 제값을 쳐주고 사서 그렇다는 후문이 있긴 했는데……."

"뺏는다고요?"

"솔직히 경매다 압류다… 당하는 사람 입장에서 보면 강탈 아닙니까?"

"그 화장실 물이 역류한다는 말도 있던데?"

"아이고! 이 검사님, 그 화장실에서 살인이 나니까 별거 다 붙여오셨네. 이게 좀 부실공사라 그 화장실 벽으로 바람이 좀 들어와 그렇게 느끼는 거지 그런 건 진짜 헛소문입니다."

"……?"

"내가 여기 터줏대감 아닙니까? 최초 분양부터 끝까지 남은 건 우리 가게 하나뿐입니다. 거기 수백 번도 더 들락거렸는데 할머니 자살 이후로 좀 오싹하긴 해도 화장실 역류한 적은 한 번도 없습니다. 다른 상인들 잡고 물어보세요. 나 원……."

"그렇군요."

"역류도 아마 변기가 막힌 걸 두고 지어낸 얘길 겁니다. 워낙 상가 화장실이란 게 개나 소나 들락거리지 않습니까? 변기에 컵, 캔, 심지어는 생리대까지 버리니 안 막힐 재간이 없지요. 그럴 때 싸고 물 내리면 변기가 넘치지 않습니까? 바닥에 거시기 덩어리가 흥건… 어우!"

주인은 몸서리를 쳤다.

"그럴 수도 있겠군요. 좋은 말씀 감사합니다."

"아, 그나저나 우리 건물 어떻게 되는 겁니까? 장사하는 데 문제는 없는 거죠?"

"그럼요."

승우는 주인을 안심시키고 복도로 나왔다. 승우도 몰래 시선이 화장실 쪽으로 옮겨갔다.

고사, 귀신 달래기!

무당을 데려왔다지만 혼을 달래는 데는 실패했다. 그렇기에 화장실이 여전히 음산한 것이다. 무당이 영험하지 못했던 모양이었다.

그렇다면 할머니의 영기는 어디로 갔을까?

누구에게 붙어갔을까? 답은 살짝 나와 있었다.

장덕칠, 그는 저 화장실에 들어갔을 때 변기 물이 역류를 했다고 했다. 놀라는 사이에 빙의가 되었을 가능성이 높았다. 그렇다면 양춘삼이 말한 기묘한 성격 돌변과 살인행각도 사실일 가능성이 높았다.

"들고 가!"

승우는 치즈치킨세트를 사서 차도형의 손에 들려주었다.

"아, 이러지 않으셔도 되는데……."

"뇌물이야. 와이프에게 내가 늦게까지 일 시켜 먹었다는 말 하지 말라고……."

"알겠습니다. 깐깐한 용의자 만나서 설전 벌이느라 늦었다고 하죠."

차도형이 너스레를 떨었다.

"내일 출근하자마자 이 건물 소유했던 사람들, 여기 화장실 이용 여부 체크 좀 부탁해."

"큰 거, 작은 거도 물어봐야 합니까?"

차도형이 웃었다.

하긴, 진짜 웃을 일이었다.

'혹시 전에 소유하던 건물의 1층 화장실에서 뭐 싼 적 있습니까? 똥 아니면 오줌?'

하지만 소문이 아니라면 그들 중 셋은 결코 웃지 못할 일이었다.

"민민……."

운전석에 오른 승우가 손목을 바라보았다.

"밍글라바!"

"착한 일 좀 하러 가려고……."

"좋아요."

"내 머리에 우리 엄마 계시니?"

"네!"

"그럼 먼저 주무시라고 좀 전해줘."

"벌써 들으셨어요."

승우와 민민, 인간계가 아닌 다른 화두를 주고받으며 장덕칠의 저택 앞에 도착했다. 집이 좋았다.

장덕칠은 집에 없었다. 그의 가족관계는 여자 쌍둥이 아이와 아내. 그 셋은 미국에 있었다. 그러니 장덕칠은 기러기 아빠인 셈이었다.

아이러니다. 남의 건물을 헐값에 뺏으려는 인간도 제 자식은 챙긴다. 잘되기를 바란다.

어디서 대책회의라도 하는 걸까? 아니면 여자를 끼고 술을 마시는 걸까? 생각난 김에 만나보면 좋으려만 장덕칠은 올 기약이 없다.

"착한 일은 다음으로 미뤄야겠는걸?"

밤을 샐 수는 없는 일이었다.

"그러세요."

"그래도 나 꿀잠 가능하겠지?"

"그럼요."

"그럼 집으로……?"

막 시동을 걸려할 때였다. 장덕칠의 집에 불이 확 들어왔다. 집 앞에 사람은 없다. 원격조정일까? 그걸 확인이라도 하려는 듯 누군가 다가와 승우 차의 창을 두드려 댔다.

'장덕칠……'

그의 차 기사였다. 하필이면 승우가 주차한 곳이 그의 자리인 모양이었다.

"빼서!"

뺀질한 외모의 기사가 한마디로 말했다. 승우는 이웃한 곳의 거주자 우선주차구역으로 차를 옮겼다. 주차를 끝낸 장덕칠이 차에서 내렸다.

"아저씨!"

현관 앞에 선 장덕칠. 그를 본 민민이 먼저 소리쳤다. 승우역시 그의 모습에서 시선을 떼지 못했다.

두 개의 주검. 선유홍과 마지웅…….

그 주검의 영기가 장덕칠에게 남아 있었다. 장덕칠이 그 주검에 관련이 있는 건 명백했다. 하지만 지금 승우와 민민이 놀라는 건 그 영기 때문이 아니었다.

장덕칠의 어깨… 거기 달라붙은 또 다른 영기 때문이었다.

찰싹!

그렇게 붙었다. 건물의 화장실에서 본 희미한 모습의 할머니. 그 할머니였다. 장덕칠의 어깨 위에 양 발을 걸고 앉은 할머니의 손에는 목을 맨 긴 줄이 있었다. 그 줄의 끝은 또 한사람을 옭아매고 있었다.

장덕칠을!

그러나 그보다 승우의 시선을 잡아끄는 건… 비녀였다.

거꾸로 꽂힌 비녀. 그 비녀는 화각공예품 같았다. 색은 다바랬지만 붉은 기운이 남아 있다.

그 기운을 따라 찍힌 세 개의 점 문양. 그게 승우의 눈을 파고 들어왔다.

비녀.

세 개의 동그라미 문양. 오래지 않아 같은 문양이 떠올랐다. 오소영의 반지, 그리고 김호창의 반지. 다 소 뿔로 만든 화각공예품…….

'후우!'

숨을 고르고 줄을 따라 시선을 옮겼다.

살의…….

장덕칠에게 감도는 살의의 근원이 거기 있었다. 할머니는 완전한 빙의도 아니었다. 그저 장덕칠의 어깨를 타고 앉아 그 목에 줄을 걸고, 조였다 풀었다…….

조이면 살의가 올라가고, 풀면 평범한 장덕칠 자신…….

어쩔까? 아무래도 만나기는 해야 했다.

장덕칠이 아닌 비녀를 거꾸로 꽂은 노파를. 그래서 내렸다.

"이봐요!"

승우, 장덕칠에게 다가섰다.

"……!"

어둠을 뚫고 유유히 다가서는 승우. 그걸 본 장덕칠의 눈이 휘둥그레지기 시작했다. 승우를 알아본 것이다.

"사장님!"

반응은 기사에게서 먼저 나왔다.

삐익!

그가 휘파람을 불자, 짱 박혀 있던 직원들이 십여 명 튀어

나왔다. 만약을 대비해 포진시켜 둔 모양이었다.

"아저씨……"

긴장한 민민이 허공에서 나풀거렸다.

"괜찮아."

승우는 웃었다.

상황 자체는 썩 좋지 않았다. 양복을 갖춰 입었지만 조폭 분위기 충만한 어깨들. 최기태의 작품이었을 것이다. 하지만 주먹은 검사를 건드리지 않는다. 기껏해야 장덕칠 앞에 인간 장벽을 쌓을 뿐이다.

다만 드물게 혈기왕성한 신삥이들은 그런 걸 뛰어넘는다. 빌어먹을 놈의 스타 기질 때문이다. 연장질하고 학교로 가는 것, 그걸 스타라고 착각하는 것이다.

저벅저벅!

위압적인 발소리와 함께 직원들이 승우 앞에 반원의 장벽을 만들었다.

"장덕칠 씨!"

승우, 개의치 않고 장덕칠을 바라보았다.

"검찰청 검사님 아니시오?"

장덕칠이 물었다. 이미 안면이 있는 사이. 장덕칠은 잘 기억하고 있었다.

"공무는 내일, 지금은 사무라오."

"사무?"

"환경공해니까 애들 좀 치우시지?"

승우가 시선을 들었다. 한때는 전국구 주먹 보스들도 데리고 놀았던 승우. 그 눈빛이 어디 갈 리 없었다.

"용건을 밝히셔야……."

"밝혔잖아. 사무라고……."

그러자!

"아, 씨발… 검사는 어디다 혀 반쪽 떼어놓고 다니나……."

뒤쪽에서 헛된 충성심이 들려왔다. 그쪽으로 돌아선 승우, 그놈의 정강이를 구두코로 찍어버렸다.

"억!"

비명과 함께 어깨 하나가 주저앉았다.

"노바다는 제대로 된 기업이라길래 양아치 없는 줄 알았는데 아니네? 사장하고 얘기 중인데 고춧가루가 끼어들어?"

승우의 말을 들은 장덕칠이 턱짓을 했다. 직원들이 몇 발 물러섰다.

"사무라고요?"

"그렇다니까."

"아무튼 말씀하시죠."

"당신 말고 저분!"

승우의 시선이 장덕칠의 어깨에 닿았다.

"......?"

의미를 모르는 장덕칠, 어이없다는 표정으로 승우를 꼬나보았다.

"모르시나? 당신 어깨에 비녀 거꾸로 찌른 할머니가 계셔요. 아마 꿈에 나타나서 목 좀 조였다 놨다 했을 거 같은데?"

"......!"

쩌억!

승우의 한마디에 장덕칠의 입이 찢어질 듯 벌어졌다.

"잠깐 내려오시죠. 이 양반, 어디로 도망 못 갑니다."

승우의 시선이 할머니와 마주쳤다. 영기는 장덕칠 머리 뒤로 숨더니 다시 빼꼼 고개를 내밀었다. 그러다 할머니, 화들짝 놀라 어깨에서 떨어졌다.

허공에 뜬 민민을 본 것이다.

"들어가서. 잠깐이지만 어깨 시원하시지?"

승우, 영기가 떨어지자 장덕칠에게 말했다. 장덕칠은 목을 더듬으며 고개를 갸웃거렸다.

"할머니하고 얘기 좀 할 테니까 우리는 내일 검찰청에서 봅시다. 내 방은 아실 테고?"

그 말과 함께 승우는 대문을 나섰다. 직원들은 승우를 막지 않았다. 잠시 후에 장덕칠이 다시 나왔다.

연신 어깨를 만지고 고개를 돌려본다. 신기하게도 가뜬했다.

승우는 어두운 골목 끝에서 할머니와 이야기를 나눴다. 진지하다. 누가 보면 마치 허공과 대화하는 모습. 장덕칠의 직원들이 수군거린다. 승우가 이상하게 보이는 것이다.

하지만 장덕칠은 그러지 못했다.

"당신 어깨에 할머니."

"꿈에 목 좀 조였다 났다……."

"잠깐이지만 시원하지?"

승우의 말 때문이었다. 정말이지, 어깨에 박혀 있던 쇠말뚝이 쑥 빠진 것 같았다. 나아가 목도 시원했다.

그사이에 연락을 받은 최기태가 달려왔다.

"사장님!"

장덕칠은 대답하지 않았다. 시선은 여전히 승우에게 꽂혀 있었다.

"왜 왔답니까?"

최기태가 초조하게 물었다. 장덕칠은 대답하지 않고 대문 안으로 들어갔다. 생각할 게 있었다.

"사장님!"

최기태가 뒤따라 들어섰다.

"송 검사… 정체가 뭐야?"

장덕칠이 물었다.

"그야 검사 아닙니까?"

"그거 말고. 또 있는 것 같아서 그래. 퇴마라든가… 귀신을 본다든가……."

"뭐 무속전문이라는 소문은 있습니다. 사건도 그런 쪽으로 많이 해결했다고……."

최기태가 주워들은 걸 전해왔다.

"무속이라?"

"그게… 미스터리한 박수무당 살인 사건부터 정화조 살인 사건, 귀신같이 증발한 어린아이들 실종까지 귀신 곡할 사건들을 해결하고 있다고……."

"귀신……."

장덕칠은 소파에 머리를 기댔다. 그리고 가만히 눈을 감았다 떴다.

이 세상에 귀신이 있을까?

사실 장덕칠의 입장은, 그 건물의 네 번째 화장실 변기에 앉기 전까지만 해도 절대 없다는 쪽이었다.

그러나 인간은 경험의 동물. 그날 이후 멋대로 치닫는 감정의 변화에 시달리며 귀신을 부정하기 어렵게 되었다.

"이경재는?"

"오후부터 연락이 안 됩니다."

"뗬군. 머리 좋은 놈이니까."

"저한테 걸리면 작살을 내겠습니다."

최기태의 눈에서 불꽃이 이글거렸다. 회사 분위기가 이상해진 걸 눈치 깐 이경재 실장이 자취를 감춘 것이다.

"춘삼이와 시찬이, 못 돌아왔지?"

"구속되는 모양입니다."

"최 실장, 나 모르는 일이 있었나?"

묵직한 시선이 최기태를 바라보았다.

"……."

"말해."

"실은… 김호창에게 딜한 비용을 두 놈 입막음 조로……."

"호창이는 제 어머니 암 치료비가 필요하다고 했던 걸로 아는데?"

"……."

"어느 선에서 잘랐나?"

"호창이가 제 여자에게 주었길래……."

"그래서 그 여자가 한강에 뛰어들었군."

"죄송합니다. 하지만 여자는 실어증인지 의식불명인지 말을 못 하는⋯⋯."

"뭔가 있어."

장덕칠의 눈매가 골똘해졌다.

"사장님⋯⋯."

"최 실장 전략이 빗나간 것 같군. 송 검사⋯ 보통 단수가 아니야."

"저도 검찰에서 그냥 풀어줄 때는 뭔가 묘하긴 했습니다만⋯⋯."

"어쩐지 저 인간⋯ 사람 속을 다 들여다보는 것 같단 말이지."

"사장님⋯⋯."

"내 병 알지? 갑자기 무거워진 어깨와 갑갑한 목. 그리고 느닷없이 치밀어 오르는 통제불능 감정의 기복⋯⋯."

"아직도 그러십니까?"

"지금은 괜찮아."

"예?"

"저 검사⋯ 저놈이 잠시 고쳤달까? 내 어깨에 대고 뭐라고 중얼거리더니 바로 개운해졌어."

"⋯⋯?"

"명의부터 무속인까지 다 찾아다녔잖아? CT에 MRI⋯⋯. 그런데 맨 끝에 만났던 그 늙은 보살 말이 맞았나 봐."

"그 할망구는 치매로 맛이 간……."

"알아. 지금은 치매 할망구에 불과하지. 하지만 그 할망구 말이 맞은 거 같아. 높은 집 똥독에 살독(殺毒)이 묻었다고 집 욕심 버리라더니. 높은 집은 그 건물, 살독은……."

"사장님……."

"나보고 내일 검찰청에서 볼 거라더군. 말투를 보니 소환 아니면 구속영장 집행할 눈치야."

"버티십시오. 춘삼이와 시찬이는 상황을 정확히 모릅니다."

"그건 나도 알아."

"게다가 호창이가 마지웅 현장 검증까지 끝냈지 않습니까? 선유홍이 건은 제가 대충 물고 들어가겠습니다."

"고맙다."

"사장님……."

"하지만 안 돼!"

장덕칠이 선을 그었다.

"사장님……."

"그 사실을 아는 사람이 한 명 더 있어."

"예?"

"있다고. 한 명 더……."

장덕칠은 고개를 저었다. 그 또한 승우의 말 때문이었다.

비녀를 거꾸로 꽂은 할머니!

그건 마누라도 모른다. 마누라 없는 동안 밤을 위로해 주던 연예인 지망생 난희도 모른다.

비녀를 거꾸로 지른 할머니. 그건 잊을 만하면 비몽사몽 등장하는 할머니였다. 느닷없이 장덕칠의 악을 부추겨 잠자는 마성(魔性)까지 끄집어내는 할머니였다.

그걸 승우가 알고 있었다.

장덕칠은 자기 어깨를 짚었다. 여전히 가벼웠다. 믿기지 않지만 송 검사, 지금 그 할머니를 만나고 있는 것이다. 장덕칠보다 더 장덕칠의 살인을 잘 알고 있는 할머니를.

"최 실장!"

"예!"

"나가서 송 검사 대화 끝나면 모시고 와."

"예?"

"더 묻지 말고!"

장덕칠의 미간이 확 좁혀졌다.

승부수!

나름 큰 결단을 할 때마다 짓는 표정. 그걸 아는 최기태이기에 더는 반문할 수 없었다.

2장

차포 떼고 붙어주마

'윽!'

승우와 마주앉기 무섭게 장덕칠은 어깨가 무거워지는 걸 느꼈다. 동시에 목 또한 갑갑해졌다. 이유를 아는 건 승우와 민민뿐이었다. 할머니 영기가 제자리로 돌아간 것.

장덕칠의 어깨를 밟은 할머니는 자기 목을 맨 줄 끝을 당겨 장덕칠의 목을 둘둘 휘감았다. 다만, 당겨 조이지는 않았다.

"나를 보자고 하셨다고?"

소파에 등을 기댄 승우가 물었다. 치기태는 저만치 창가 쪽으로 물러나 있었다.

"할머니와 얘기 끝났습니까?"

"관심이 있으셨나?"

"내 얘기했을 거 아닙니까?"

"몇 사람 더 했지."

"남자답게 솔직히 까놓고 얘기합시다."

"그건 장 사장 몫일 거 같은데?"

승우는 느긋하게 다리를 꼬았다.

"당신은 증거가 없지 않습니까?"

장덕칠, 나름 지능형 경매전문 사업가답게 제법 의표를 찌르고 들어왔다.

"……!"

승우의 눈가에 출렁 흔들림이 일었다.

"증거가 있었다면 벌써 내 손에 수갑을 채웠겠지요. 그것도 밑의 수사관들을 보내서……."

"시간문제일 뿐이야."

승우는 휘둘리지 않았다. 그건 정말 시간문제일 뿐이었다.

"그 할망구……. 다시 내 어깨에 있나요?"

장덕칠이 어깨를 짚으며 물었다.

"아시면서……."

"혹시 떼어줄 능력도 있소?"

"이미 체험하지 않으셨나?"

장덕칠의 표정이 확 구겨졌다.

"이거… 웬 귀신입니까? 솔직히 할망구에게 지은 원한 같은 건 기억에 없어서……."

"당신이 꿍으로 먹으려는 그 건물의 원주인이셔."

"원주인?"

"그때 억울하게 건물을 뺏기는 통에 한을 삭히지 못하고 그 변기 위에서 목을 매다셨지. 그래서 허투루 그 건물을 먹으려는 인간들이 그 변기에 앉기만 하면……."

"똥물을 역류시켜 재수 옴 붙게 한다?"

"아마!"

"내 몸을 빌어 벌인 사건도 얘기하던가요?"

"물론!"

기다리던 말. 승우가 지나칠 리 없었다.

"그렇군요."

"……."

"하지만 귀신의 말은 증거능력이 없지요."

듣고 있던 장덕칠이 피식 웃었다.

"자신만만하시군."

"내 생각에는 아직 내가 유리합니다."

"착각이겠지."

둘이 주고받는 말에는 날선 뼈가 담겨 있었다. 말로 오가는 팽팽한 전쟁. 그건 정말 전쟁이었다.

"우선 김호창이 말입니다. 그 건은 뒤집을 수 없습니다. 본인이 자백하고, 범행에 쓰인 흉기도 내놓았고, 알리바이도 없고. 무엇보다 구치소 아시죠? 그런 곳 안에서는 우리 최 실장 같은 사람의 파워가 검사님들보다 강력하게 먹힌다는 거……."

장덕칠, 최기태를 통해 구치소 안에 손을 썼다는 의미였다.

"계속해 봐."

"또 한 사건 역시 마찬가지입니다. 그 녀석은 행방불명이지요. 인친척이 없으니 누가 찾을 리도 없고 그냥 영원히……."

시체가 없지 않느냐?

이번 말에는 그런 의미가 들어 있었다.

"그래서?"

"딜 제안합니다."

"딜?"

승우가 고개를 들었다. 장덕칠은 웃는 듯 마는 듯한 표정이었다. 지금, 그가 주도권을 잡고 있다고 착각하는 것이다.

풋!

가소로움에 웃음이 나왔지만 참아냈다.

"조건은?"

승우가 물었다. 조급할 건 하나도 없었다.

"마지웅……. 어차피 큰 건이니 검사님도 어쩔 수 없겠지요. 그거 내가 교사한 걸로 하고 자수하겠소. 그러니 다 마무리하고 이 할망구나 떼어주시오."

살인교사로 갑시다!

자수 선처하시오!

두 가지 조건이 나왔다.

아주 나쁘지는 않았다. 사실 현재의 조건으로는, 설령 살인죄로 엮어간다고 해도 승소를 장담하기 어렵기 때문이었다.

"제대로 엮고 싶으면 증거를 가져와라?"

"역시 통하시는군요."

"가져오면 어쩔 텐가?"

이번에는 승우가 역제의의 끈을 당겼다.

이제는 정신줄 제대로 박힌 대한민국 검사.

살인범의 딜 따위 앞에서 허우적거릴 승우가 아니었다.

"……?"

"깨끗이 인정할 텐가?"

"증거 확보는 불가능합니다. 김호창은 끝까지 본인이 했다고 할 판이고 또 하나는 실체가 없으니까요."

"반대로 말하자면, 당신이 마지웅을 찔렀다는 증거를 찾고 선유홍의 사체를 찾아오면 되는 일이군?"

"허헛. 말이야 쉽지……."

"이번에는 내가 딥 딜을 할 차례로군."

승우의 시선이 장덕칠에게 닿았다.

"지금 당장 범행 시인하면 자수 적용, 거기에 보너스로 할머니 혼은 공짜로 제거."

1+1…….

승우는 최신 유행 마케팅 기법으로 화답했다.

"검사님!"

"잘 생각해. 기회는 한 번뿐이니까."

"미안하지만 칼자루 쥔 건 납니다."

칼자루를 쥔 게 범인?

씨익!

승우의 입가에 섬뜩한 미소가 스쳐 갔다.

"그럼 협상 끝났군."

승우는 주저 없이 일어섰다.

"아, 하나 잊은 게 있는데 출국금지는 하지 않았어. 왜냐하면 당신이 그런 마음을 먹으면 할머니가 우릴 도와주기로 했거든. 어깨를 팍!"

승우가 주먹을 내려치는 시늉을 했다. 동시에 장덕칠의 어깨가 무너지듯 아파왔다. 할머니가 줄을 당긴 것이다.

"윽!"

"그러니까 여기서 얌전히 기다리라고. 당신이 원하는 거 다

가져다줄 테니까."

승우는 정원을 나섰다. 승우와 묵계를 맺은 할머니가 장덕칠의 어깨 위에서 승우를 보고 있었다. 물론 장덕칠은 알 리 없는 일이었다.

"개새끼……."

장덕칠은 승우의 뒤통수에 대고 냉소를 뿜었다. 승우가 한 말이 다 진실이어도 좋았다. 귀신과 이야기를 하고 귀신의 고자질을 들었대도 말이다.

독기…….

그건 그냥 붙는 게 아니었다. 비록 귀신 붙은 행위였지만 사람을 죽이면서 그도 변했다. 남은 건 악뿐이었다.

증거가 없는 일이야 재판정에서 잡아떼면 그만이었다.

그러면 누가 우스운 꼴이 될까? 게다가 변호사는 널렸다. 거액의 수임료를 쥐어주면, 제 간이라도 내줄 변호사는 지천이었던 것이다.

밖으로 나온 승우는 유유히 차를 몰았다. 장벽을 이룬 직원들 사이 또한 유유히 빠져나왔다. 슬쩍 돌아본 시간은 자정 즈음.

자시였다.

장덕칠의 어깨에 자리 잡은 할머니 힘이 더 강해질 시간.

그러나 법적으로 보면, 장덕칠 말대로 법정 증거 능력은 없는 귀신에 불과했다. 그렇다면, 할머니는 이제 잊는 게 좋았다.

태을신장, 천존신장. 나아가 민민. 요즘 들어 어쩐지 기운이 빠진 민민……. 이 녀석에게도 휴식을 주고 싶었다. 그러니 살인자 장덕칠과 수사검사 송승우의 대결로 포커스를 맞추는 것이다.

수사검사와 살인범.

단도직입(單刀直入)! 승우는 수사검사로서 그동안 벼린 칼을 뽑아들었다.

'차포 떼고 붙어주마.'

＊　　　　＊　　　　＊

"집합, 집합!"

이른 아침, 사건현장은 분주했다. 일찌감치 동원된 의경과 경찰들은 불만이 가득한 얼굴이었다. 그도 그럴 것이 검찰의 괜한 요청이라는 생각 때문이었다.

경찰의 입장에서 보면 검찰 이첩으로 이미 다 끝난 사건이었다.

"주목!"

메가폰은 석경태가 잡았다. 털털한 점퍼를 입고 나온 그는 운동화 차림으로 경찰들을 쏘아보았다. 경찰들 틈에서 하품이 새어 나왔다.

"거기, 네 아버지가 살해당했어도 하품이나 해댈 텐가?"

석 반장이 직격탄을 날렸다. 경찰은 반쯤 벌린 입을 서둘러 닫았다. 형사 반장과 함께 선 석 반장은 독수리의 눈으로 포스를 뿜었다.

"4조까지는 수색에 참가하도록. 구역은 동서남북으로 반경 500미터의 네 군데, 찾는 물건은 피 묻은 흰 셔츠. 하수구와 맨홀 등을 구석구석 살피되 폐지 줍는 노인들과 근처 딸배들도 전부 체크하도록."

"예!"

대답은 낮았다.

"나머지는 인근 건물 청소부와 관리인들을 상대로 탐문 실시!"

굵직한 저음이 시작을 알렸다.

석 반장은 신새벽에 승우의 전화를 받았다. 그에게 내려진 특명은 증거물 확보였다. 바로 피 묻은 셔츠.

셔츠가 단서로 떠오른 건 비녀 할머니 때문이었다.

증거능력은 없지만 교사범인 동시에 목격자였던 할머니는 사건을 말해주었다.

건물을 돌아보고 화장실 앞 복도에서 마주 선 장덕칠과 마지웅!

상의를 최기태에게 건네주고 마지웅과 대화를 나누던 장덕칠이 등에 감춰온 사시미칼을 뽑은 것이다.

사시미칼……. 그건 원래 최기태가 준 선물이었다. 화장실 물 역류 이후로 까닭 모를 감정 변화에 시달리던 장 사장. 명품 사시미칼 같은 걸 집안에 두면 잡귀가 얼씬하지 않을 거라는 말에 받아두었던 것. 그걸 들고 나왔다.

사건은 순식간, 폭행 경험이 많은 최기태조차도 말릴 사이가 없었다.

장덕칠의 눈알이 변해 있었다. 실은 출발 전부터 그랬다. 하지만… 음기 탱탱하던 눈빛은 조금씩 풀려갔다. 목을 조르던 할머니가 끈을 느슨하게 푼 것이다.

장덕칠의 셔츠는 피로 물들어 있었다. 놀란 최기태는 시신을 끌어다 안쪽 화장실, 즉 맨 끝의 네 번째에 처박았다. 그런 다음 청소 양동이로 물을 퍼다 복도 바닥에 흥건한 피를 씻어냈다. 상가는 문을 닫고 희미한 관리등만 밝혀진 건물. 인적은 하나도 보이지 않았다.

그사이에 장덕칠은 셔츠를 갈아입었다. 그 준비 또한 그가 가져온 것이었다.

"주시죠. 치우겠습니다."

최기태, 사시미칼을 받으려고 손을 내밀지만 장덕칠은 고개를 저었다. 그가 내민 건 피 묻은 셔츠였다.

치워라!

그 뜻이었다. 최기태는 어둠 속으로 뛰었다. 숨이 턱에 찰 때까지 뛴 그는 귀신도 모를 곳에 셔츠를 처박았다.

둘은 유유히 차로 돌아갔다.

셔츠.

승우가 찾는 첫 번째 증거물이 그것이었다. 어둠 속으로 달려간 최기태가 인멸한 증거. 피 묻은 셔츠…….

쉽지는 않았다. 특히나 어린 의경들은 경험이 없었다. 그들은 범죄자의 심리를 몰랐다.

'내가 범인이라면…….'

사실, 이런 가정으로 출발해도 지능범들의 증거를 잡아내기는 쉬운 일이 아니었다. 의경들은 지시 받은 반경 500미터 안의 하수구와 배수로를 형식적으로 뒤졌으니, 얻을 게 없었다.

석 반장은 달랐다.

최기태는 30대 초반. 게다가 운동 좀 한 놈…….

진정이 없자 유사한 조건의 경찰 다섯 명을 뽑아냈다.

'숨이 턱에 찰 때까지 뛰어왔다'라는 승우의 말에 기댄 석 반장은 그들을 다섯 갈래로 달리게 했다. 그런 다음 그들이 멈춘 반경 100미터 안에다 인력을 재투입했다.

이번에는 철사 갈고리까지 달아 하수구 안으로 흘러들어 갔을 것까지 대비를 했다.

결국 적중했다.

"나왔습니다!"

안경 낀 의경이 코를 막으며 소리쳤다.

하수구 흙으로 범벅이 된 그가 와이셔츠를 들어 보였다. 눈에 보이지 않는 곳까지 흘러간 게 철사 갈고리에 걸린 것이다.

"이 반장, 저 친구 휴가는 꼭 좀 챙겨주시오."

그 말과 함께 석 반장은 승우에게 전화를 걸었다.

같은 시각, 차도형은 최기태의 차량을 압수하고 동선을 확인하고 있었다. 유일한 단서는 선유홍이 죽었다는 날의 차량 출발 시각. 최기태가 블랙박스를 새것으로 교체하고 내외부 세차를 한 덕분이었다.

선유홍 사건 당일 장덕칠의 집 앞 도로부터 CCTV 체크가 시작되었다. 어쩌다 차량을 놓치면 근방 모든 CCTV를 거미줄 전법으로 역추적했다. 그리고⋯ 이윽고 교외의 한 지점에서 사라진 걸 알았다. 그사이에 폐쇄된 낚시터가 있었다.

그곳에 경찰을 투입했다. 의경들이 고무보트를 타고 바닥을 찌르며 확인했지만 사체는 나오지 않았다. 결국 물을 다 퍼내기로 결정했을 때 낭보가 나왔다.

"시신 발견!"

낚시터가 아니라 그 옆에 있는 작은 물구덩이였다. 그냥 보아도 악취가 심했다. 낚시꾼들이 버린 쓰레기가 아직도 그득한 곳이었다. 선유홍의 사체는 마대에 감겨 진흙 수풀 안에 처박혀 있었다.

"욱!"

눌러둔 줄과 돌을 해체한 경찰들은 몸서리를 쳤다. 심하게 부패한 사체 때문이었다.

"검사님, 시신 나왔습니다."

차도형 역시 승우에게 보고 전화를 눌렀다.

"수고했어!"

그때 승우는 구치소에 있었다. 주차장에서 받은 두 통의 전화는 그의 마음을 가볍게 만들었다.

"차 수사관님이세요?"

수행해온 나수미가 물었다.

"선유홍 시신 나왔다는군."

"우아, 대박!"

그녀가 탄성을 질렀다.

두 가지 증거가 나왔다.

단서와 운!

증거 확보에는 그 두 가지가 필요했다. 특히 시신유기 같은 게 그랬다.

때로는 범인조차 장소를 기억하지 못하는 경우가 많았다. 산이 대표적이다. 대개 사람 눈을 피해 밤을 이용하는 범죄자들. 급한 마음에 시신을 묻었지만, 다시 가보면 그곳이 그곳 같다. 산이 변하기 때문이었다.

그렇기에 경찰들… 빤히 떼를 지어 그 옆을 지나가면서도 증거를 놓치는 경우가 많았다.

"이제 남은 건 김호창이로군요."

"그렇지?"

승우가 웃었다.

김호창, 사실 그가 가장 중요했다. 범행을 자인하고 증거물까지 제출했기 때문이다. 모든 아귀에 맞게 진술을 했고 현장검증까지 하지 않았던가? 그러니 그가 끝까지 자기 짓이라고 우긴다면 승우는 난관에 부딪칠 수 있었다.

"준비는?"

"제 걱정은 마세요."

나수미의 대답을 들으며 승우는 구치소로 들어섰다.

"들어가!"

한참 후에 접견실 문이 열렸다. 교도관이 데려온 건 김호창이었다.

"수고하십시오!"

교도관은 가벼운 거수경례를 남기고 문을 닫았다.

딸깍!

소리와 함께 승우, 김호창과 둘이 되었다.

"또 보네?"

"예······."

김호창은 수척한 얼굴이었다.

"앉아."

"괜찮습니다."

"내가 안 괜찮아."

거듭 말하자, 그제야 김호창은 앞 소파에 자리를 잡았다.

"구치소 생활 할 만해?"

"······."

"너 효자더라. 제 인생 팔아서 어머니 수술비 만들 만큼······."

고개를 숙이고 있던 김호창의 어깨가 꿈틀 반응하는 게 보였다. 나름 극비이던 일, 그걸 승우가 알고 있는 것이다.

"긴말할 거 없고. 사건 바로 잡고 나가자. 장덕칠이 진범이라는 거 다 알고 왔거든."

"······."

"김호창!"

"잘못 알고 계십니다. 마지웅은… 제가 죽였습니다."

"알아. 나도 알아. 너희 회사가 너한테 임무를 주었다는 거. 하지만 증거가 다 나왔다고. 그러니까 너 살길 찾아야지."

"범인은 접니다."

김호창이 고개를 저었다. 모든 것을 내려놓은 허무가 서린 얼굴이었다.

"이건 충성도 아무것도 아니야. 저 인간들에게 너는 단지 소모품일 뿐이라고."

"할 말 끝났으면 가겠습니다."

김호창이 일어섰다. 간결하고 절제된 행동. 이 또한 그가 지켜야 하는 시나리오에 포함된 의무사항으로 보였다,

누군가 회유하면 단칼에 잘라라!

전문조폭인 최기태라면 그 정도 협박을 하는 건 어려울 일이 아니었다.

"앉아!"

소파에서 일어선 김호창이 승우를 내려보았다.

"시간 낭비입니다."

"구치소 안에서 협박받고 있나?"

"……."

"말해."

"그런 거 없습니다."

건조한 목소리가 나왔다. 물기라고는 하나도 없는 건조함……

"좋아. 그럼 방향을 돌려 구치소 밖의 이야기를 해보자고. 네 어머니와 애인 오소영……"

어머니와 애인……

그 말을 들은 김호창의 눈매가 파르르 떨었다.

"아직 모르는 모양이군. 장덕칠의 살인을 뒤집어쓰는 보상 조건으로 준 2억… 다시 그놈들이 채갔어."

"……?"

"순진하긴. 아직도 그놈들 믿는 거냐? 네 애인을 뒤따라가 돈 가방을 채갔다고. 최기태의 지시를 받은 양춘삼과 구시찬이 똘들을 시켜서 말이야."

"……!"

"그들도 눈치는 깠을 테니까 입막음한 거지. 둘이 1억씩 나눠가졌더군."

승우가 녹음을 틀었다. 파일 속에서 목소리가 흘러나왔다.

─돈 어디 있어? CCTV에서 너희 놈 둘이 가방 받아 들고 가는 거 나왔어.

─집… 이불 아래……

─고스란히?

―시찬이와 반땅!

―얼마나 썼나?

―똘마니 애들 500씩 주고 유흥업소 가서 질펀하게 노느라 각 300 정도…….

휘청!

김호창이 흔들리는 게 한눈에 보였다.

"이게 다가 아니야. 돈을 날치기 당한 네 애인은 한강에 투신!"

"……!"

"돈 다 날렸으니 어머니는 말 안 해도 알겠지?"

다닥다닥!

김호창의 이빨이 위아래로 부딪치기 시작했다.

"하지만 걱정 마라. 대한민국 검찰이 일개 조직의 활개 아래에서 허덕이는 기관은 아니니까."

승우는 등을 기대며 느긋하게 김호창을 바라보았다.

"전부 사실입니까?"

"물론……."

"그럴 리가……."

김호창이 고개를 저었다.

"그렇잖아도 안 믿을까 봐 다른 증거를 가지고 왔어."

"다른 증거?"

"잘 들어라. 이건 내 인생이 아니고 네 인생이야. 물론, 알고 있다. 네가 이 안에서 협박을 받고 있다는 거. 게다가 우리도 의심스럽겠지. 너를 속여 회유하려 하는구나 하고……."

승우도 자리에서 일어섰다.

"그뿐인가? 풀려나면, 너는 두 적을 감당해야 하지. 마지웅 과 장덕칠… 그쪽 관련자들, 너에게 고운 시선을 보낼 리 없으 니……."

"……."

"그런데 그건 네 기우다. 장덕칠이 진범이라면 얘기가 달라 지지. 증거가 제대로 나오면 무고한 너를 희생양으로 삼았다 는 건 세상이 다 알 일이고……."

"증거가 뭡니까?"

"증거가 마음에 들면 진실 편에 서라. 그것만 약속하면 돼."

"그러죠."

주저하던 김호창의 입에서 대답이 떨어졌다.

"좋아!"

승우는 핸드폰에 문자를 넣었다. 얼마가 지나자 노크소리 가 들렸다. 문을 열고 들어선 사람은 오소영이었다.

한강 투신녀 오소영. 가슴에 묻어둔 김호창의 그녀.

김호창의 눈이 얼음처럼 얼어붙었다.

"소영아!"

"호창 씨!"

오소영은 격정적으로 김호창의 품에 안겼다. 등을 잡은 그 손에서 붉은 빛 어우러진 화각반지가 빛났다. 세 개의 동그란 점 문양과 함께.

"우어어엉!"

여자의 울음이 높아졌다. 죽었다 깨어난 여자. 2억을 잃었다 되찾은 여자. 그 서러움을 고스란히 김호창의 품에 풀어놓았다.

"호창 씨!"

감정을 추스른 오소영이 김호창을 바라보았다.

"검사님 말 들었지?"

"……."

"다 필요 없어. 그냥 검사님이 시키는 대로 해."

"소영아……."

"나 믿지? 그럼 내 말 들어. 저 검사님은 믿을 수 있는 사람이야."

"……."

"우리에게 주어진 마지막 기회야. 그러니까 뭐든지 검사님이 하라는 대로 해."

"그건……."

"안 돼? 저 검사님이 날치기 당한 자기 엄마 수술비도 찾아주셨고, 투신자살한 나까지 살려줬는데도 안 돼?"

"그거… 다 진짜야?"

김호창이 시선을 들었다.

"그래. 자기가 준 돈 날치기당하고 한강에서 뛰어내렸어. 그 돈 경찰에 신고도 하지 말라며? 그런 돈을 잃어버렸는데 내가 어떻게 살아?"

"……."

"저분이 나를 살렸어. 그다음으로 자기 어머니를 살렸고… 이제 마지막으로 자기를 살리려고 왔어."

"나를?"

"그러니까 협조해. 아니면 나 다시 한강으로 갈 거야!"

오소영이 최후통첩을 했다. 그건 승우가 시킨 게 아니었다. 승우의 부탁은 김호창이 망설일지 모르니 도와달라는 요청일 뿐이었다. 그러나 그녀는 승우를 온전히 신뢰하고 있었다. 그 자발성이 간곡함으로 새어 나온 것이다.

"호창 씨! 마지막 기회야. 저 검사님이 포기하면 다시는 기회 없어. 제발!"

오소영, 기어이 김호창 어깨를 잡은 채 주르륵 무너졌다.

위에서는 김호창이.

아래에서는 오소영이…….

두 사람이 하나가 되어 소리 없이 흐느꼈다.

승우는 벽에 기대 천장을 보고 있었다. 이런 일은 피의자를 족치는 일보다 착잡한 일이었다. 아주 많이……

"검사님!"

괜한 딴전을 피우고 있을 때 김호창의 목소리가 귀를 당겼다.

"말해!"

승우가 담담하게 말을 받았다.

"정말 저를 도와주실 겁니까?"

"그래."

"그럼 저를 다른 구치소로 옮겨주십시오."

"역시 협박인가?"

"이 안에 최 실장님과 관계있는 주먹이 셋이나 있습니다. 그것도 둘은 조폭조직 살인 건으로 온……."

"약속하지."

"제가 나갈 때까지 소영이와 어머니도 보호해 주셔야 합니다."

"그건 이미 하고 있어."

"……?"

"앉아서 차근차근 말해 봐."

승우, 다시 소파로 돌아와 자리를 잡았다. 김호창과 오소영도 그 앞에 나란히 앉았다.

"검사님 말이⋯⋯."

잠시 시선을 가다듬은 김호창, 남은 뒷말을 이었다.

"모두 사실입니다."

드디어 김호창이 입이 열리기 시작했다.

모든 것은 짜여진 각본이었다.

장덕칠!

마지웅을 작업하던 전날, 그는 김호창에게 특별한 대기령을 내렸다. 양평 외진 곳에 있는 사무실 별장 관리령이었다. 영문을 모르는 김호창은 거기서 장덕칠을 기다렸다.

양평 별장은 외진 곳. 진입로조차 다 정비되지 않아 직원이 아니면 누가 들어가고 나오는지 잘 모를 곳이었다.

두 가지 의미가 있었다.

별장의 불을 밝히고 사람의 인적을 만드는 것. 바로 장덕칠 자신의 알리바이로 만들기 위한 것. 나아가 김호창의 알라바이를 없앤 것.

그 시간에 별장에 있는 건 장덕칠이어야 했으니 김호창의 알리바이는 고립무원이 되는 셈이었다.

그러니까 장덕칠, 이미 노파로부터 살인 신호를 받고 준비를 하고 있었다는 얘기였으니 스스로도 느닷없는 변화를 감지한 셈이었다.

사건 3일 후, 늦은 밤 최기태의 콜이 왔다.

3일, 3일이 지난 것 또한 전략이었다. 사태를 관망하다 수사망이 장덕칠 쪽으로 쏠리자 준비한 카드를 뽑은 것.

그는 거두절미하고 김호창에게 영웅이 될 것을 권했다. 대가는 어머니 수술을 위한 2억, 그리고 플러스 알파였다. 알파는 형기를 마치고 나오면 부서장 보장. 특급 변호사를 달아 형량을 낮춰주겠다는 사탕발림도 따라왔다.

당장 받는 건 2억…….

몹시도 목돈이 필요했던 김호창.

2억이면 어머니 수술에 이어 회복 이후의 생활비로도 대충 충당이 되었다.

어쩌면 평생 교도소에서 썩을 수도 있는 상황. 하지만 착한 그에게는 선택의 여지가 없었다. 이미 큰 돈 벌기는 힘들어진 화각공예. 더구나 아버지처럼 명인도 아니었다.

어머니를 살리는 길은, 유일해 보였다.

그나마 반지 덕분이라 생각했다.

"딱 한 번 정도는 행운을 가져다 줄 거다."

아버지의 유언이었다. 병상에서 개당 33일씩 깎아 만든 세 개의 반지. 그걸 주며 남긴 유언이었다.

어머니의 목숨 살리는 일이 행운 아니면 무엇일까?

"맡겠습니다."

김호창은 수락했다. 그러자 최기태가 범행에 쓴 사시미칼을 내밀었다. 마지웅의 피가 떡이 되어 스며든 붕대에 감긴 칼을…….

"사장님께 깝치길래 욱해서 찔렀다."

"혼자 한 행동이었다."

"범행 후 양평 별장에 숨어 있다 자수를 결심했다."

최기태가 주지시킨 건 단 세 문장이었다.

김호창은 돈 가방과 칼이 든 쇼핑백을 받아 들었다. 그런 다음, 오소영을 불러냈다. 마지막 부탁을 하고 돈 가방을 건넸다. 그리고 칼을 들고 자수를 했다.

'역시 최기태의 회유.'

승우도 짐작하던 일이었다.

"빠진 말이 있지?"

승우의 눈이 김호창의 손으로 향했다. 손바닥에 작은 밴드가 몇 개 보였다.

"뭐 말입니까?"

"손……."

승우가 말하자 김호창은 다친 손을 바라보았다.

"밴드 말입니까?"

"오소영 씨 말에 의하면 돈 가방을 건네줄 때 그 손에 붕대가 감겨 있었다고 했어. 붕대에 피도 배어 나오고 있었고. 그건 사건 당일에 생긴 게 아니라 오소영 씨를 만나기 직전에 생긴 상처라는 뜻이지."

"그건……"

"이유를 설명해 봐."

"최 실장님이……"

"최기태?"

"전문가도 아니면서 칼빵을 그렇게 먹였으니 손이 멀쩡하면 이상하다고… 제 손에도 상처가 좀 나는 게 정상이라며 범행에 쓰인 사시미칼로 몇 군데 슥슥……"

"자수하기 직전에 말이지?"

"예……"

"병원에서 치료를 받았나?"

"아닙니다. 경찰이 제의했지만 제가 거부를……"

"좀 볼까?"

승우가 말하자 김호창이 손바닥을 내밀었다. 밴드를 떼어내자 아직도 상처가 엿보였다. 제법 길게 그은 상처였다.

칼은 무섭다.

특별한 스페셜리스트가 아니라면 칼로 하는 살인은 결코 쉽지 않다. 초짜들은 대개 주저흔도 남긴다. 죽이려는 순간, 엄청난 공포가 엄습하기 때문이다.

이번 경우는 무수한 칼빵을 먹인 경우. 장덕칠이야 귀신에 씌여 그랬다지만 선수가 아니라면, 칼날에 가해자도 다칠 수 있었던 것이다.

'최기태……'

그는 프로였다. 폭행 전과 중에는 칼빵 전과만 3범. 프로의 경륜답게 치밀한 조작을 했다.

바로 여기서 경찰과 김혁이 미스를 범했다.

—자백!

—범행도구!

—도구에서 나온 마지웅의 혈흔!

이 퍼펙트한 증거 앞에서 소소한 것을 놓쳐 버렸다. 그게 김호창의 자상이었다. 만약 그때 자상이 언제 생긴 건지 확인했더라면 시차가 다름을 알았을 일이었다.

작업한 날과 작업자 손에 생긴 상처가 다르다면 그가 범인이 아님 또한 자명한 일…….

아쉬웠다.

너무 완벽한 증거 앞에서 언제나 소소하게 묻혀가는 작은 진실들……. 그게 전체를 뒤집을 단서라고 해도 마찬가지다. 눈앞에 큰 파도를 만난 사람은 파도 너머의 햇빛에 신경 쓸 겨를이 없기 때문이다.

"좋아! 그건 그렇고 아까 말이야, 반지가 세 개라고 했나?

그 반지가 한 번은 행운을 가져다 줄 거라고?"

어느 정도 가닥이 나오자 승우의 호기심이 발동되었다.

"예……."

"아버지가 투병 마지막 즈음에 혼을 다해 만들었다고?"

"아버지가 가장 아끼던 우각 조각이었습니다. 다른 우각은 다 차압으로 뺏겼지만 그것만은 당신이 몰래 삼키셔서 지킨……."

삼켜? 마약을 삼키는 건 종종 보아왔다.

하지만 이건 소뿔이다. 사이즈는 잘 모르지만 차원이 다른 물질인 것이다. 그런데 그걸 삼키다니. 자칫 죽을 수도 있는 일…….

승우는 목덜미가 오싹해지는 걸 느꼈다.

"마지막 유산이었어요. 어머니와 저, 그리고 소영이에게 끼워준 것……."

"혹시 아버지가 우각으로 비녀도 만들지 않았나?"

"전에는 여러 작품을 다 만들었습니다."

"그 점 세 개 말이야… 혹시 아버지의 작품이라는 표식?"

"네!"

호오, 역시…….

"그럼 혹시… 그 사건이 일어난 건물. 예전 주인이 그 반지의 표식하고 같은 비녀를 끼고 있던데 아는 사람인가?"

"아뇨. 아버지는 비녀에 팔찌, 목걸이도 만드셨으니 아마 그걸 산 거겠죠."

김호창이 말했다.

'샀다?'

충분히 그럴 수 있는 일이었다. 하지만 묘한 데서, 아주 묘한 데서 만났다.

"왜 그러시죠?"

"아니… 아버지께서 진짜 혼을 다하시는 명인이셨던 모양이군. 말씀대로 아들을 구하고, 며느리감도 구하고, 수술 받지 못할 뻔한 어머니도 살렸으니……."

"정말 그런 것 같네요?"

김호창의 입가에 아린 미소가 묻어났다.

"나 수사관!"

승우는 목청을 높여 대기 중인 나수미를 불러들였다.

"이 친구 대학병원 데려가서 손바닥 상처 정밀검사 진단 좀 맡기고 구치소 변경 조치해. 당장!"

"알겠습니다."

나수미가 대답했다.

"호창 씨……."

승우와 나수미가 대화를 나누는 사이, 오소영이 김호창의 볼을 쓰다듬어 주었다.

"미안해……."

"아니. 괜찮아. 이제 마음 단단히 먹어. 알았지?"

"응……."

"힘내. 나 응원하고 있을게."

오소영의 응원을 받으며 김호창이 나갔다. 들어올 때와는 아주 다른 모습이었다.

＊　　　＊　　　＊

"헐!"

사무실에서 승우의 이야기를 들은 김혁은 혀를 내둘렀다.

일대 반전이었다.

김혁, 사실은 승우가 나설 때부터 약간의 느낌은 있었다. 그러나 기껏해야 공범이나 살인교사가 나올 것으로 알았다.

그런데 범인이 바뀐 것이다.

"어이상실!"

김혁은 사무실 소파에서 두 손을 들어버렸다.

소파에 올려진 증거는 나무랄 곳이 없었다.

증1) 새로 발견한 선유홍의 시신 사진.

증2) 장덕칠의 피 묻은 와이셔츠.

증3) 김호창의 손바닥 상처가 사건 이후에 생겼다는 전문의 소견서.

증4) 양춘삼의 자백 음성 파일.

증5) 사건 시간대에 양평에 있었다던 장덕칠이 현장 인근에서 찍힌 CCTV.

김혁은 깊은 숨과 함께 고개를 저었다. 무탈하게 이뤄진 수사 확인과 증거들. 거기다 현장검증까지.

나아가 김혁 역시 장덕칠의 교사를 의심해 캐물었지만 김호창은 완강히 고개를 저었었다. 김혁이 거듭 들은 건 오직…….

"사장님께 깝치길래 찔렀다."

"혼자 했다."

그 두 마디뿐…….

하지만 막상 결과가 이렇게 바뀌고 보니 자신의 과실이 명백한 상황이었다.

"기소문 아직 마감 안 했지?"

승우가 물었다.

"지금 그게 문제가 아니잖아?"

"다행이군."

"송 검사… 지금 나 놀려?"

"천만에, 공판부에 넘겼으면 손이 많이 갈 일이라서……."

"이거 대체 언제 감 잡은 거야?"

"김 검사가 조사 끝낸 후에……."

"또 그 초자연적이야?"

"조금은."

"미치겠군. 그놈의 초자연……."

"초자연은 뻥이고 그냥 우연이었어. 한강에 투신한 오소영의 병원에 들렀는데 하필이면 그 순간에 그녀의 정신이 돌아왔지 뭐야? 그게 내 덕인 줄 안 그녀가 시시콜콜 이야기를 해주는 바람에 단서를 잡은 거야."

"그래서, 이거 나보고 마무리하라고?"

"그게 좋지 않겠어?"

"허얼……."

"같이 가면 더 좋고……."

넌지시 김혁을 끌어들이는 승우.

"선택의 여지가 없군. 자칫하면 범인 조작 검사로 몰릴 판이니… 같이 가자고."

"땡큐!"

승우는 찡긋 윙크로 화답했다.

"출동?"

김혁이 물었다.

"잠깐만!"

승우는 들고 온 음료수를 내밀었다. 국과수의 통보를 기다리는 것이다.

뽁!

김혁이 캔 꼭지를 날릴 때,

"검사님!"

차도형이 김 검사의 문을 열고 들어왔다.

"굿 오어 배드?"

승우가 한마디로 물었다. 우리에게 유리한 결과냐 불리한 결과냐?

"굿입니다!"

차도형은 미소로 화답했다.

굿(Good)이란다!

＊　　　　＊　　　　＊

비상출동!

두 팀의 수사관들이 총집결을 했다. 선두는 승우와 김혁이 맡았다. 유 계장이 관할서의 강력반 협조를 구하자고 했지만 받아들이지 않았다.

송승우와 김혁!

나름 파워를 인정받는 수사검사들이었다. 그 둘이면 충분했던 것이다.

국과수에서 나온 결과도 좋았다.

우선 선유홍의 사체.

부검 결과 동일한 사람의 동일한 흉기에 의한 칼빵으로 보인다는 소견이 나왔다. 찔린 각도와 늑골 등에 입힌 힘의 세기가 거의 같다는 것. 증거로 늑골의 흔적을 예로 들었다. 키차이가 나는 김호창과는 치명타의 부위 위치가 달랐다.

피 묻은 와이셔츠는 짐작대로였다. 그 피는 마지웅의 것. 거기에 머리카락 보너스가 나왔다. 셔츠에 묻은 머리카락 두 가닥의 주인은 장덕칠. 그 유전자도 확보되었다.

다만 체포까지는 약간의 걸림돌이 발생하고 말았다. 낌새를 차린 최기태가 악에 받친 주먹들을 불러 자가용으로 집 앞을 겹겹이 막은 것. 차가 내준 길은 고작 한 사람이 지나갈 틈뿐이었다.

"이 새끼들이 한 판 뜨자는 건가 본데요?"

차에서 내린 차도형이 말했다.

어둠이 내린 주택가 골목길… 주먹들은 차량 옆에 도열해 침묵으로 버티고 있었다.

"어이, 너희들 뭐야?"

먼저 석 반장이 나서서 기선제압에 나섰다.

"……"

돌아오는 건 침묵이다. 침묵하면 잡아들이기 곤란했다.

"좋은 말로 할 때 차 빼고 해산해라. 엉?"

소귀에 경 읽기다.

"나 수사관, 트렁크 작업 가능해?"

보고 있던 유 계장이 나수미에게 턱짓을 했다.

"옛썰!"

저벅!

승우와 김혁까지 지켜보는 가운데 나수미가 두 번째로 출격했다.

여자!

그것도 호리한 체격…….

선봉에 선 주먹들은 고개를 갸웃거렸다. 이번에는 소위 깔치가 나선 것이다.

"이거 열어!"

텅텅!

나수미가 신분증을 내밀며 트렁크를 두드렸다.

"영장 가져 왔으면!"

주먹 하나가 피식 웃었다.

"그럼 내가 좀 봐도 될까?"

"마법사의 손이면."

살짝 가미되는 비웃음.

"안 잠긴 거 같은데?"

하지만 나수미, 간단하게 첫 트렁크를 풀어버렸다.

그녀의 숨겨진 주특기였는데, 그녀는 그걸 따쇠 소녀단에게 배웠다.

재작년, 빈집이나 빈차를 전문적으로 털다 걸린 두 명의 가출 여고생. 그녀들은 물건을 팔아주는 공범을 불지 않았다. 그 둘의 심문을 맞았던 나수미, 나흘 밤을 그녀들과 지내며 따쇠 기술을 배웠다. 그렇게 그녀들의 마음까지도 열었다.

그 후로 나수미, 트렁크 문 정도는 제법 따는 선수(?)가 된 것이다.

"이런 씨발, 왜 남의 차를……."

발끈한 주먹 하나가 나수미의 어깨를 거칠게 잡아챘다.

하지만 그 또한 부질없는 도발일 뿐이었다. 그대로 안으로 파고든 나수미, 전광석화처럼 주먹의 옆구리에 팔꿈치를 박았다.

"억!"

주먹은 옆구리를 잡고 주저앉았다.

"나 건드리면 공무집행 방해인 거 알지? 그 정도는 알고 출동했겠지?"

주먹에게 경고를 날린 나수미.

"얘들 어디 노가다 나가려나 본데요?"

트렁크 안의 물건들을 꺼내 흔들었다. 일본도와 쇠파이프, 손도끼와 곡괭이 등이 나란히 자리를 잡고 있던 것이다.

"어쩔까요?"

유 계장이 승우의 지시를 원했다.

"기다려봐. 장덕칠, 1분 안에 나올 테니."

승우가 웃었다.

"너무 낙관 아니야? 그냥 집행하자고."

후끈 달아오른 김혁이 실력행사를 원했다. 주먹들은 대략 30여 명, 수사관들이 10여 명. 숫자에서는 밀리지만 주먹들이 사생결단을 한 게 아닌 다음에야 감히, 검찰수사관들과 패싸움을 불사할 수는 없는 일이었다.

"50초만 기다려 달라니까."

40초… 30초…….

승우는 느긋했다. 그건 민민 때문이었다. 승우의 밀명을 받은 민민이 어둠을 따라 담장을 넘은 것이다. 거꾸로 비녀를 꽂은 노파를 만나러 간 것이다.

장덕칠은 버틸 수 있다 착각하고 있었다. 그건 노파가 24시간 내내 목을 당기는 게 아니기 때문이었다. 바꿔 말하면 장덕칠은 노파가 목에 건 줄을 당기면 바로 의지나 자유를 박탈당한다.

그걸 결정하는 사람은 원래 노파 한 사람. 그러나 이제는 승우에게도 허락된 일이었다.

10초…….

그리고 마침내 승우가 말한 시간이 되었을 때,

"으아악!"

담 너머에서 장덕칠의 비명이 터져 나왔다.

"비명입니다."

수사관들의 긴장감이 치솟았다.

주먹들도 마찬가지였다.

수십 개의 시선이 저택 안으로 향했다.

"3초……."

그리고 승우가 말한 1분이 되는 순간, 정덕칠이 문을 박차고 나왔다. 그 뒤로 최기태가 쫓아 나왔지만 그 또한 절반은 넋이 나간 모습이었다.

"비켜……."

정덕칠은 사색이 된 얼굴로 주먹들을 밀쳐 냈다. 그리고 발버둥을 치다시피 승우에게 다가왔다.

"송 검사… 님……."

입을 여는 장덕칠의 눈이 멋대로 경련하고 있었다.

이 인간 왜 이래?

김혁과 수사관들은 그런 눈빛이지만 승우만은 알았다. 장덕칠의 어깨를 밟고 있는 할머니가 목줄을 바짝 조인 것이다. 한 번씩 당겨질 때마다 장덕칠의 얼굴에 적색경보가 돌고 눈에는 지진이 일었다.

"증거 1, 장덕칠이 마지웅 작업할 때 입었던 셔츠… 최기태를 시켜 근처 하수구에 버렸지?"

승우의 손에서 팔랑, 피 묻은 사진이 떨어졌다.

"으……."

신음소리 옆에서 최기태의 미간도 구겨졌다. 자기가 감쪽같이 버린 걸 찾아온 것이다.

"증거 2, 낚시터 옆의 물구덩이에서 나온 선유홍 시신. 마지웅하고 똑같은 자세로 담근 모양이던데?"

두 번째 사진이 또 허공에서 낙하를 했다.

최기태의 입이 쫙 벌어졌다.

"증거 3, 김호창 말이야 당신 심복 최기태가 너무 완벽하게 연출을 했어. 자수시키면서 손바닥을 그은 모양인데 기왕이면 마지웅 작업한 날 했으면 더 좋았을걸. 거기에 대한 의사 소견서……."

팔랑!

"나머지는 생략하고… 이제 당신 차례지?"

승우, 소견서가 떨어지는 걸 보며 장덕칠을 바라보았다.

"다 내 짓이오. 선유홍도 마지웅도 내가 죽였으니 제발 내

목을 조르는 이놈의 할망구부터……."

"기왕이면 자세히 중계하셔야지?"

승우는 더 없이 느긋했다.

이제 그는 독 안에 든 가엾은 쥐일 뿐이었다.

맛이 간 채 칼빵을 날리고는 그 부메랑을 기다리는 가련한 쥐.

또다시 자기 건물을 꽁으로 가로채려는 사람들에게 파멸의 고통을 안겨준 할머니가 어깨에서 째액 웃었다. 겨울 밤, 시린 초승달무리를 따라 번지는 차디찬 한기처럼.

째—액!

그 미소는 괜한 게 아니었다. 주변 공기가 싸아하게 변하면서 수사관들까지 오싹함을 느끼고 말았다. 먼지가 부유하고 있었다. 골목에 가라앉은 먼지와 쓰레기들, 그게 줄기를 이루며 골목을 쓸고 나갔다.

주먹들은 불안에 휩싸여 주변을 돌아본다. 피부에 내린 공포감……. 사방에 눈이 있는 듯한 두려움…….

그러나 그들은 그 근원이 장덕칠인 줄은 알지 못했다. 그 어깨에 버티고 선 노파인 줄은 더더욱.

그래도 김혁의 눈은 아까부터 승우에게 꽂혀 있었다. 아니, 수사관들과 주먹들 전부가 그랬다.

뜬금없는 말을 주고받는 승우와 장덕칠.

비굴할 정도로 맥이 풀린 장덕칠…….

그건 양쪽 진영 모두에게 의아한 일이 아닐 수 없었다.

"제발… 제발 이 할망구를……."

주저앉은 장덕칠이 승우를 올려보았다. 자비를 구하는 눈빛이다. 비녀의 노파, 그의 목에다 제대로 난장을 치고 있는 탓이었다.

"김 검."

승우가 김혁을 돌아보았다.

"말해."

"여기 정리 좀 부탁해."

"송 검은?"

"난 이 양반 데리고 빌딩 살인 현장 좀 체크할게."

"이 시간에?"

"꼭 필요한 게 있어서……."

"원하시면……."

김혁은 어깨를 으쓱하며 승우의 제안을 따랐다.

"나수미 씨!"

승우는 주먹들을 막아서고 있는 나수미를 불렀다.

"예, 검사님!"

"예고편은 보인 걸로 만족하고 이 양반 내 차로 모셔. 거기 정리는 남자들에게 맡기고 나랑 춤 공연이나 보러가자고."

"춤 공연요?"

"왜? 싫어?"

"아, 아닙니다. 키 주세요."

나수미가 손을 내밀었다.

부릉!

승우 차에 시동이 걸렸다. 운전석에는 나수미, 뒷좌석에는
승우와 장덕칠이었다. 동원된 주먹들은 차례차례 체포가 되
고 있었다. 현장지휘는 김혁이 맡았다. 멀리서 보아도 그는 일
사불란했다. 과연 지검 최고의 수사검사로 불릴 만했다.

"장덕칠 씨!"

승우가 묵직하게 입을 열었다.

"예……."

"할머니 떼어달라고?"

"예. 제발……."

"그거 내가 못 해."

"예?"

"대신 잘하는 사람을 소개해 드리지."

"……?"

"비용은 당신 부담, 오케이?"

"뭐든 떼어낼 수만 있다면……."

"나수미 씨!"

승우는 귀를 쫑긋 세우고 있는 나수미를 불렀다.

"네?"

"이 양반 정신세계가 좀 심오해. 그래서 살풀이 굿 한 번 할 거니까 그런 줄 알아."

"아, 네……."

"출발!"

지시를 내린 승우, 전화기를 꺼내 들었다.

"지금 출발합니다. 슬슬 준비하세요."

승우는 짧은 통화를 끝냈다. 그런 다음, 이번에는 오소영에게 전화를 걸었다.

"여보세요!"

어둠에 휩싸인 상가 건물은 여전히 음침했다. 신기했다. 외곽에는 분명 가로등과 보안등이 자리를 잡았다. 상가 간판의 네온사인도 아주 어두운 편은 아니었다. 그럼에도 불구하고 상가는 다른 공간처럼 적막했다. 불빛들이 시들기라도 하는 듯…….

승우의 차가 도착했을 때는 벌써 청풍댁과 악공들이 분주하게 움직이고 있었다.

"검사님!"

청풍댁이 승우를 알아보고 걸음을 멈췄다.

"보살님하고 규리는요?"

"안에 있어요. 가서 말씀드릴까요?"

"아뇨. 제가 들어가죠."

승우는 나수미를 힐금 돌아보고 안으로 걸었다. 나수미는 장덕칠의 손에 수건을 덮어주었다. 수갑을 가리는 것이다. 장덕칠이 아니라 다른 사람의 안구정화를 위해서.

하지만 장덕칠은 그 자리에서 버텼다. 얼굴은 더 하얗게 떠 버렸고 어깨까지도 와들거리고 있었다.

화장실 때문이었다.

어쩐지 스산하고 오싹하던 그곳.

물이 거꾸로 역류해 얼굴까지 적셔 버리던 그곳, 그리하여 마침내 귀신에 씌여 버린 장덕칠. 그 화장실이 가까워지니 본능적인 생존본능이 발작을 하고 있었다.

실랑이를 벌이는 사이에 오소영과 김호창의 어머니가 도착했다.

"검사님, 여기 있어요."

오소영이 내민 건 김호창의 화각반지였다. 승우가 특별히 부탁한 일이었다. 궁금한 게 남았던 것이다.

"어이, 장 사장!"

반지를 받아들고 상가 계단에 올라선 승우가 돌아보았다.

"안 죽어. 당신 살리자고 온 거니까 걱정 말고 오시라고."

"거긴……."

여전히 고개를 젓는 장덕칠.

"왜? 마지웅이 귀신까지 붙을까 봐?"

"……."

승우는 하는 수 없이 계단을 내려섰다.

"그 할머니 집이 여기야. 잘 보여서 여기다 떼어놓자고."

장덕칠의 귀를 잡고 귀엣말을 전해주었다. 그제야 장덕칠의 발이 떨어졌다. 계단참에 올라서자 하얀 삼베옷을 한 벌로 차려입은 규리가 뛰어나왔다.

"아저씨!"

"안녕, 우리 애기선녀님?"

"민민은요?"

눈치 빠른 규리, 민민의 안부는 승우의 귀에 대고 물었다.

"네 뒤에 있는데?"

승우가 속삭이자 규리는 재빨리 고개를 돌렸다.

"인사드려서. 당신 구제할 애기선녀님. 이 바닥 최고 중의 한 분이시지."

"예?"

승우가 말하자 장덕칠은 미간을 찡그렸다.

"할머니 혼령을 날랠 무속인이시라고."

"이 꼬마가요?"

"왜? 싫어?"

"그건 아니지만……."

"내가 보증하지."

"……."

"비용은 왕복 경비에 상차림, 그리고 악공 두 명까지 합해서 300만 원."

"……."

"저기 아줌마에게 결재하고 와. 만약 안 떨어지면 내가 대신 배상하지. 두 배로!"

승우는 그 말을 끝으로 규리의 뒤를 따랐다.

애기선녀는 승우가 요청했다.

물론 승우의 힘으로도 노파를 떼어낼 수는 있었다. 하지만 그러면 해원이 아니었다. 자기 발로 떠나야 후환이 없는 것. 그러자면, 무속 기준으로는 살풀이굿, 그게 제격이었다.

한편으로 승우는 궁금했다. 애기선녀의 실력…….

사람들은 말한다. 신이 들리면 용하다고. 그 신의 신력에 따라 용함이 결정된다고.

물론, 지금까지 확인한 규리의 실력만으로도 승우는 믿었다. 그녀는 보통 무속인이 아니다.

하지만 굿거리는 보지 못했다. 엄마가 세상을 뜬 이후 제대로 된 걸 한 번도 보지 못했다. 그래서 부탁을 했다.

상주보살에서 승우의 엄마인 강초희, 그리고 애기선녀 규리…… 그렇게 이어지는 계보라면 어쩌면, 엄마의 흔적을 볼수 있을지도 몰랐다.

어린 승우의 속을 뒤집어놓던 엄마의 굿판.

그걸 규리에게서 엿볼 수 있게 된다면…….

기분이 어떨까?

잘되면 규리에게도 좋고 노파에게도 좋고, 장덕칠에게도 좋을 일이었다. 물론, 승우에게도 좋다. 설령 잘되지 않더라도 최소한 민민에게는 좋을 일이었다.

최근 들어 맥이 좀 풀린 듯한 민민. 승우는 그 원인을 알지 못했다. 어쩌면 영령에게도 유통기한이 있는 걸까?

아니면 승우와의 고된 생활에 활력을 잃은 걸까? 영령이라지만 어린 나이. 그럼에도 불구하고 승우가 보여준 건 늘 피비린내 나는 살인현장이거나 냉혹한 범죄현장이었다.

그렇기에 규리는 승우가 꺼낼 수 있는 유일한 위로의 카드였다. 규리를 좋아하는 민민. 좋아하는 걸 본다는 건 그 자체만으로도 위로가 되는 일이었다.

그렇게 보면 승우, 300만 원이 자기 지갑에서 나간다고 해도 결코 아깝지 않다고 생각하고 있었다.

"송 검사!"

굿판 준비를 지켜보던 상주보살이 손을 흔들었다. 승우는 그녀에게 꾸벅 인사를 올렸다.

"장소가 하필 이런 곳이라 죄송합니다."

승우가 웃었다.

"뭐 내가 놀 것도 아닌데……."

상주보살도 웃었다.

"냄새도 나고……."

"괜찮아. 나하고 송 검사 엄마 강초희는 시골 똥간 앞에서도 많이 놀았거든."

"그래요?"

"옛날에는 그런 게 흔했지. 똥간에서 넘어지면 얼마 못 산다고… 똥간 귀신 달래는 굿이 많이 들어왔었거든."

"네에……."

"강초희 굿판은 많이 봤지?"

"……."

"제대로 안 봤구만?"

"죄송합니다. 그때는 어려서……."

"괜찮아. 애나 어른이나 다 그래. 도무지 제 것 중요한 걸 모르니… 쯔쯧!"

상주보살이 혀를 차며 말을 이었다.

"아무튼 잘 봐. 저년이 굿판은 송 검사 엄마에 못지않아. 아니, 더 나을지도 모르지. 어린 게 팡팡 날아다니니 다들 넋을 놓거든."

굿판이 차려지는 동안 상인회장과 총무, 수예점 주인 등이 달려왔다. 별문제는 없었다. 그들에게도 승우가 미리 양해를 구한 까닭이었다. 그들 역시 액막이 굿판을 차렸던 경험이 있는 사람들.

전국 최고의 무속인이 온다니 딱히 반대는 하지 않았다.

"민민······."

출격 준비를 마친 규리가 민민을 바라보았다.

"응?"

"미얀마에도 이런 거 있어?"

"응!"

"정말?"

"응. 그런데 대개는 어른이 해."

"괜찮아. 나도 나중에 어른 될 텐데 뭐."

규리가 웃었다.

"응원해 줄 거지?"

"응."

"좋아. 거기서 보고 있어."

규리는 민민에게 손을 흔들어 보이고 고개를 돌렸다. 그리고… 그녀의 시선에 후끈 불이 붙었다.

들이켰다 나오는 숨결부터 포스가 달랐다. 오싹함과 뜨거

움, 음양이 대비를 이루는 생사의 경계가 거기 있었다.

'접신……'

먼발치의 승우, 제일 먼저 규리를 느낀다.

그사이 청풍댁이 장덕칠을 끌어다 굿판 옆에 앉혔다. 그 옆에는 시퍼렇게 날이 선 작두가 놓여 있었다. 퍼렇다 못해 홍홍 몸살을 앓는 작두날…….

저엉!

징이 부딪치며 애기선녀의 굿판이 시작되었다.

"훠어이!"

굿판을 장악한 규리가 손짓으로 허공을 밀었다.

"몇 발씩 물러서세요."

청풍댁이 다가와 구경꾼들을 밀어냈다. 다만 승우와 상주보살만은 예외였다.

"훠어이훠이!"

규리가 굿판을 날아올랐다. 이미 묵직한 쇳소리로 변한 그녀의 목청은 주변을 압도하고 있었다.

'주당물림……'

승우는 규리의 동작 하나하나에 집중했다. 주당물림은 굿판을 청소하는 의식이다. 이때 잡귀들이 날뛸 수 있으므로 사람을 밀어낸다. 자칫 주당살을 맞을 수 있기 때문이다.

다음으로 산거리가 이어졌다. 규리의 흰 삼베가 동서남북으로 움직였다. 절제된 그녀의 행동은 마치 연기로 길을 내는 것처럼 보였다. 연기를 따라 신들이 내려왔다.

"전내대감, 토주대감, 수문대감, 왕래대감……."

규리의 입에서 대감들이 호명되었다. 내려오소. 와서 그 능력을 보태소. 그리하여 인간을 구제하소…….

초부정거리에서 대감들을 주저앉힌 규리는 칠성거리를 넘어 소대감거리로 달렸다. 갈 길은 멀다. 소녀의 몸으로는 더욱 그렇다. 그러나 규리는 이미 물아일체에 신인일체…….

심박동은 사람의 그것이 아니고 전신은 따로따로 떨었다. 그녀의 눈 안에는 덜컥 다른 세계가 들어앉아 있었다.

엄마!

승우의 입이 소리 없이 옴쭉거렸다. 그녀의 어떤 동작들은 엄마와 닮아 있었다. 아니, 잠시만 착각하면 어린 엄마가 서 있는 것 같았다.

휙 돌면 엄마가 되고, 또 휙 돌면 규리가 되는… 그리하여 승우조차 몰입의 강으로 끌어들이는 규리의 마력…….

그러다 그녀가 성수거리에 접어들었을 때, 마침내!

규리는 비녀 할머니와 공수를 이루었다.

"이것들아!"

규리의 입에서 늙은 노파의 쉰 소리가 튀어나왔다. 어린 아이에게는 결코 나올 수 없는 노년의 목소리.

"어휴, 놀래라!"

넋을 놓고 있던 구경꾼들이 움찔 놀라 움츠렸다.

"피눈물로 지은 내 건물을 꽁으로 먹으려느냐? 내 두 눈을 부릅뜨고 지켜보고 있으니 허튼 생각일랑 말거라. 누구든 내 건물을 꽁으로 먹으려 하면 저주를 내리고 모가지를 비틀지니!"

가장 혼비백산한 건 장덕칠이었다. 규리 입을 통한 목소리가 천둥처럼 들린 것이다.

"훠어이!"

규리는 다시 질주했다. 군웅거리, 대감거리, 조상거리를 지나 그리고… 마침내 작두거리에 도달했다.

악공들이 작두를 당겨 미리 준비한 의자 위에 걸쳐 놓자 상가회장과 수예점 주인이 진저리를 쳤다.

"저기에 올라간다고?"

"아이고, 말도 안 돼……. 저러다 애 하나 잡지."

둘은 중얼중얼 고개를 저었다.

"훠이!"

규리는 두 개의 장검을 들고 나왔다. 휘돌고 휘돌며 칼춤을 쳤다. 칼을 놓고 작두 앞에 섰다. 작두는 규리의 키만큼이나 높았다.

'윽!'

규리가 그 여린 혀로 작두의 날을 핥으며 날의 쇠독을 진정시킬 때, 승우는 자신도 모르게 몸서리를 쳤다. 나수미는 아예 눈을 감아버렸다.

우!

구경꾼들의 신음을 들으며 규리는 발을 씻었다. 청풍댁은 규리의 버선을 벗겨내고 정성껏 발을 씻겨주었다. 대충하지 않았다. 자칫 부정이 타면 발이 작살날 판이었다.

발 씻기가 끝나자 규리는 삼각으로 접은 한지를 물었다. 그런 다음 거침없이 작두 위로 뛰어올랐다.

"으앗!"

뒤편에서 비명이 나오자 상주보살이 돌아보며 '쉿' 주의를 주었다.

사각사각!

작두 위를 걷는 발소리가 들렸다. 분명 들렸다. 주변의 모든 사람을 숨을 죽였다. 민민도 마찬가지였다. 규리는 작두날 위에서 동서남북의 무신들에게 예를 갖추었다.

그리고…….

펄떡펄떡, 규리가 작두날 위에서 춤을 휘돌기 시작했다. 아까부터 승우의 팔을 잔뜩 껴안은 나수미. 하지만 승우는 걱정하지 않았다. 규리의 접신을 보았기 때문이었다.

강신강림!

그녀는 이미 그만한 권능을 부여받았다. 작두날 따위가 그녀를 넘볼 수는 없었다.

그러다 한순간, 체조선수처럼 두 발을 모아 멈춘 그녀가 장덕칠을 바라보았다. 규리의 눈빛은 탱탱하게 차올라 있었다. 무신의 눈빛이었다. 죽은 자를 관장하는 그 눈빛……

"네 이놈!"

규리의 호령이 장덕칠에게 향했다.

"예……"

장덕칠이 넙죽 엎드렸다.

"진실된 마음으로 할머니께 잘못을 빌거라. 그리해야 네 고통이 사라지리니."

"아이고, 제발… 제발 한 번만 봐주십시오. 제가 잘못했습니다. 다시는 허튼 욕심 부리지 않겠습니다."

"그래 가지고 파리 마음이라도 흔들겠느냐?"

"아이고, 아이고……! 잘못했습니다. 목숨만 살려주십시오."

장덕칠은 곡소리와 함께 이마를 바닥에 찧었다. 몇 번이나 그랬을까? 그 이마에 피가 서릴 때 어깨의 할머니가 천천히 일어섰다. 그녀는 그제야 장덕칠의 목을 감았던 밧줄을 풀었다. 그걸 신호로 자기 목의 밧줄도 산화되기 시작했다. 마치 바람에 날려가는 모래 같았다.

휘이잉!

짧은 바람소리와 함께 밧줄은 자취도 없이 사라졌다.

사박!

할머니가 어깨에서 내려왔다.

"할머니!"

규리가 묻는다.

[응!]

"이제 그만 화를 풀고 가세요. 이 건물을 진심으로 아낀다면 할머니가 떠나야 건물이 잘될 수 있어요."

규리가 하늘을 가리켰다. 할머니를 위한 하늘길이 열리고 있었다.

그걸 본 할머니, 두리번 건물을 바라보더니 규리와 마주 서두 손을 합장했다. 합장하는 할머니의 미소에 연꽃 미소가 엿보였다. 부드럽고 화평했다.

"할머니!"

그녀가 떠나기 전, 규리가 입을 열었다. 이제 승우가 궁금해하던 게 나올 차례였다.

"그 비녀 말이에요. 왜 거꾸로 꽂았죠?"

[우리 영감님이 사준 거라 잘 보이라고.]

노파는 착한 아이처럼 대답했다. 물론, 그 소리 역시 규리의 입을 통해 나왔다. 그때 승우가 반지를 든 손을 내밀었다. 규리가 다가와 반지를 집었다.

"그럼 이 반지 아세요?"

일인이역을 하듯 규리가 물었다. 김호창의 것이었다.

[알지. 내 비녀 만든 사람이 만든 거잖아.]

노파는 단박에 알아챘다. 명인이 만은 명품은 다른 모양이었다. 명품끼리의 혼으로 소통하는 모양이었다.

아!

승우의 입에서 감탄이 밀려나왔다. 짐작하던 일이 맞아떨어지고 있었다.

"이거 낀 사람… 그날 응급실에 실려갔대요. 반지가 욕심나 뺏으려고 해코지를 한 건가요?"

[천만에, 그 인간 또한 내 빌딩 뺏어갈 인간 패거리라 파멸시킬 참이었는데 반지를 보고 마음을 바꿨지. 살을 맞지 않게 못 들어오게 말이야.]

"진짜죠?"

[그럼. 그 반지 좀 봐. 내 비녀하고 똑같은 빛이 나잖아? 비녀를 처음 선물 받았을 때 얼마나 행복하든지……. 그때 생각이 나서 봐줬어.]

인연…….

이 얼마나 숭고하고 무거운 일일까?

옷깃 한 번 스치려면 5백겁, 한 동네에 태어나려면 5천겁이 걸린다더니 물건도 사람에 못지 않았다. 김호창의 아버지가 혼을 다해 만든 화각공예품. 그게 인연이 되었다. 그리하여 화를 면케 한 것이다.

"고마워요. 사실대로 말해줘서."

[고마운 건 나야. 내가 갈 길을 열어줘서……. 저기 우리 영감이 마중을 나왔네. 가서 비녀 좀 제대로 찔러달라고 해야겠어.]

지상에서의 미련을 다 내려놓은 할머니가 하늘 길에 버선발을 올렸다. 그러자 말단부터 조금씩 흐려지더니 완전히 흔적을 감추고 말았다.

"으헛!"

그제야 완전하게 고통을 벗어던진 장덕칠, 끝내 눈을 뒤집고 넘어갔다.

"기분이 어떠냐?"

규리가 다가가 물었다. 굵직한 저음의 명령이었다.

"시원합니다. 목이 갑갑해 죽을 거 같았는데……. 가뜬합니다. 뛸 것 같네요!"

장덕칠이 소란을 떨었다.

"용하네……."

"아이고, 어린 게 아주 신이 제대로 들렸구만."

회장과 총무의 중얼거리는 소리……. 그들이 본 건 하나의 불가사의. 이성의 그물질 따위는 허락되지 않았다. 개념이 아니라 비개념으로 봐야 이해가 될 일이었다.

굿은 뒷전으로 갈무리가 되었다. 원래는 6시간 넘게 해야 하는 굿판. 규리의 체력에 맞춰 간결하게 차린 굿판은 2시간 만에 종료가 되었다.

종료!

규리가 작은 어깨를 옴싹거리며 한숨을 쓸어내리자, 그녀에게 배어 있던 승우 엄마의 환상도 숨과 함께 흩어졌다.

"최고!"

승우, 맥이 풀린 규리에게 다가가 엄지를 세워 보였다. 민민도 그랬다.

"민민, 나 잘했어?"

우윳빛 얼굴로 변한 규리가 물었다.

"응, 멋지던걸?"

민민이 환하게 웃었다. 규리는 민민의 빛을 쓰다듬다 그대로 잠이 들고 말았다. 민민은 규리의 머리맡을 지켰다.

애기선녀 규리…….

완전히 방전된 모양이었다.

"검사님……."

뒤쪽에서 보고 있던 오소영이 다가왔다.

"이거 김호창에게 돌려주세요."

승우가 반지를 건넸다.

"고맙습니다. 이제 보니 반지의 행운이 호창 씨에게 1등으로 왔었네요. 화장실에서 죽을 걸 살아났으니……."

"굿… 믿으세요?"

승우가 물었다.

"다 안 믿어도 저는 믿어요. 제 반지도 제 목숨을 구했잖아요. 우리 어머니 반지는 어머니에게 새 삶을 주었고."

어느새 뒤편으로 다가선 김호창의 어머니가 묵례를 해왔다.

"우리 아들은 나오면 제 아버지 뒤를 이어 평생 화각공예의 길을 가겠답니다. 고맙습니다. 검사님!"

나무등걸처럼 뻣뻣한 김호창 어머니의 손이 승우 손을 잡았다. 듣던 중 반가운 소리였다. 저 하늘, 혼을 한 땀 한 땀 모아 반지를 빚고 간 그의 아버지는 또 얼마나 반색을 할까?

그랬다.

숭고한 반지…….

한바탕 요동친 삶의 세파를 반지가 제자리로 돌려주었다. 반지에 깃든 명인의 혼이 일가의 액귀를 막아주었다.

반지가 아니었더라면, 김호창은 노파의 살을 맞았을 일. 그렇게 죽었을지도 모르는 일. 어머니에게, 애인에게도 줄줄이 그 여파가 미쳤을 일…….

화각 명인 김광술!

승우는 반지의 붉은색과 점 세 개에 주목했다. 화각에서 붉은색은 신성의 상징. 나아가 영적 역할까지도 깃들었다. 명인은 마지막 목숨을 혼으로 새겨 아내와 아들을 지킨 것이다.

'숭고하군.'

승우가 고개를 끄덕거릴 때 소소한 고춧가루가 끼어들었다.

"으악!"

청풍댁 뒤에서 터진 비명. 그 주인공은 상가 총무였다. 그는 피가 철철 흐르는 손을 붙잡고 신음을 쏟아냈다.

"작두가… 아무래도 가짜인 거 같아 만졌더니……."

허얼, 정말 허얼.

맨발로 올라가지 않은 게 천만다행이었다.

3장

뜻은 길과 함께 가는 법

승우야!

엄마 목소리가 들렸다. 안개를 헤치며 걸었다. 그 끝에서 엄마는 목소리로 아늑한 형상을 이루었다.

보거라!

목소리가 방향을 가리킨다. 여자가 보였다.

한국 여자는 한 번 죽지 않는다. 그 사연과 한에 따라 두 번도 죽고 세 번도 죽는다. 엄마의 말이, 계속 꼬리를 물어온다.

한국 여자는… 공감이 만들어낸 마법적인 투사 속에 부활

한다. 그리하여 산 자의 마음에 깃든다.

나도 그렇지?

엄마가 다시 승우를 바라보았다. 목소리가, 바람 심한 소용돌이 해안의 절벽에 선 듯 빠르게 부유하고 있었다. 부유한 끝에서 바로크 문양처럼 배배 꼬였다.

허공은 침묵 속에 메아리를 울렸다. 머리를 휘돌며 울렸다.

더 가야지.

절벽에 떠오른 엄마가 말했다. 가만히 다가와 승우를 밀었다. 끝도 없는 벼랑을 따라 승우의 몸이 곤두박질쳤다.

여기! 여기!

공간 사이에서 시달림의 극에 달한 영혼들이 손을 내밀었다.

'잡아주렴. 네 도움이 필요한 손이니…….'

엄마의 말이 조금 또렷해졌다.

'일어나렴, 네가 할 일은 너무 많아…….'

소리를 따라 승우는 번쩍, 눈을 떴다.

"……?"

"밍글라바?"

끝이 올라가는 미얀마 인사. 민민의 목소리가 아니었다.

"규리야!"

승우가 상체를 일으켰다. 옆 소파에 올라앉은 사람은 규리였다.

"아저씨!"

"이제 괜찮아?"

승우가 물었다.

완전히 탈진한 그녀를 모텔로 옮겨 쉬게 할 생각이었다. 그런데 그녀가 거부했다. 실눈을 뜨고서 '민민이랑 같이'라고 선언한 것이다. 결국 모텔에는 상주보살과 청풍댁만 밀어 넣었다.

집으로 온 승우는 규리에게 침대를 내주었다. 민민도 그 옆에다 함께 두었다.

사람과 영령!

어떻게 보면 있을 수 없는 부조화지만 보기에 좋았다.

그걸 보며 승우, 소파에서 담요를 덮었다. 그렇게 잠들었는데 규리가 깨어난 것이다.

"아침?"

파뜩 시계를 보았다. 아직 아침은 멀리 있었다.

"왜, 안 자고?"

간사한 건 인간의 마음. 아침이 먼 새벽임을 깨닫자 입에서 하품이 밀려나왔다.

"민민 말이에요."

규리가 민민을 가리켰다. 민민은 침대 그 자리에 잠들어 있었다.

"민민이 왜?"

"이상해요."

"……!"

승우, 그 한마디에 가슴이 철렁 내려앉았다. 간간히 승우도 그걸 느끼고 있었기 때문이었다.

"어떻게?"

승우는 책상다리를 하고 규리를 바라보았다.

"삭고 있어요."

"삭는다고?"

"몰랐어요?"

"뭔가 조금 이상하기는……."

"나쁜 아저씨!"

규리가 스프링처럼 튕겨 올랐다. 옆구리에 올린 양손은 화가 났다는 표시. 생각보다 민민의 상태가 심각한 모양이었다.

"이상한 게 아니라 시드는 거예요. 그 끝이 뭔 줄 알잖아요?"

시들어 버림의 끝? 소멸?

승우는 멍한 시선을 거두지 못했다.

"그렇게까지나?"

"역시 이래서 정통 무속인과 짝퉁 무속인은 다르다니까."

규리가 혀를 찼다.

"규리야……."

"민민, 원래 집이 어디예요?"

"그야 미얀마……."

"아저씨, 그런 세속적인 집 말고 쟤 영혼의 집이 어디냐고요?"

"영혼의 집?"

"뭐 폐가 우물이라든지, 아니면 수천 년 묵은 은행나무 유주랄지 그런 거 있잖아요?"

규리의 목소리가 빼빼 높아졌다.

"그럼 샴페나무 목곽?"

"그거 어디 있어요?"

"사무실……."

"당장 가져오세요."

"지금?"

"민민이 시들어간다니까요!"

"알았어. 다녀올게……."

"내 가방 어디 있어요?"

"저기 테이블 위에."

승우가 장식장을 가리켰다. 규리가 메고 다니는 거라고 청풍댁이 챙겨준 그것이었다.

'허얼!'

부릉 시동 소리와 함께 한숨이 밀려나왔다. 시간은 새벽 2시 반. 막상 나오긴 했지만 검찰청으로 가기엔 이상한 시간이었다.

하지만 규리는 헛소리를 할 아이가 아니었다. 승우는 알고 있다. 규리가 민민을 얼마나 걱정하는지. 그러니까, 그녀가 심각하다면 심각한 거였다. 민민이 그렇듯이.

오케이, 노 프라블럼!

승우는 페달을 밟았다. 그렇잖아도 사무실은 아직 바쁠 시간이다.

김혁이 모셔(?)간 주먹들이 한둘이 아닌 데다 국과수 결과들도 정식 통보가 왔을 일. 거기에 나수미까지 자유의 몸(?)이 된 장덕칠을 압송해 갔으니 상당수 수사관들이 밤을 새고 있을 게 뻔했다.

승우는 도중에 뜨끈한 어묵을 10인분 정도 포장을 했다.

새벽에는 무엇보다 국물 딸린 어묵이 최고였다.

"검사님!"

복도에 들어서자 조사실을 나서던 차도형이 소리를 높였다.

"잘되고 있어?"

"집에 들어가셨다더니?"

"아, 신혼도 밤새우는 판에 잠이 와야 말이지. 검토할 것도 있고 해서⋯⋯. 이거 받아."

"으아, 죽여주는 냄새⋯⋯. 오뎅 아닙니까?"

"어묵!"

"고맙습니다. 안 그래도 아까 우리 마누라가 제 밤참만 가져오는 통에 눈치 좀 받았는데⋯⋯."

"잘되고 있어?"

"파죽지세 일사천리입니다. 최기태 놈도 장덕칠 옆에서 짱구 굴리며 조력한 거 다 털어났습니다."

"선유홍이는 왜 죽였대?"

승우가 넌지시 물었다.

"그게 뭐, 장덕칠이 뭐에 씌었다는 건데⋯⋯. 그 건물 대지 경매를 처음 추진한 게 선유홍이었답니다. 그놈이 건물 현장 조사하고 돌아와서 향후 계획을 보고하던 중에 장덕칠이 느닷없이⋯⋯."

"장덕칠이 칼빵?"

"예. 최기태도 같은 증언을 했습니다."

"사체유기는 왜 밑에 애들 안 시키고 최기태가?"

"그 친구, 이경재에게 밀리다 보니 충성경쟁을 한 거죠. 모범을 보여서 마음을 사려는 의도였나 봅니다."

"압수수색은 뭐 좀 건졌어?"

"선유홍이 혈흔이 나왔습니다."

"대박이군."

승우가 웃었다.

건물대지 경매 추진. 선유홍의 주검은 역시 건물과의 연관이었다. 거의 꽁으로 상가와 빌딩을 먹으려 했으니 비녀 할머니의 빈정을 산 것이다.

"수고해."

"예, 오뎅… 아니, 어묵 레알 땡큐입니다!"

차도형의 인사를 뒤로 하고 사무실 문을 열었다. 불은 켜져 있지만 아무도 없었다. 다들 조사실에서 땀을 흘리는 모양이었다.

'집이라?'

서랍을 열고 검고 흰 두 개의 목곽을 꺼냈다. 상자라고 생각할 때와 집이라고 생각할 때의 기분은 사뭇 달랐다. 그러고 보니 두 샴펙나무도 생기가 없는 것 같았다. 기분 탓일까? 승우는 목곽을 챙겨 들고 슬쩍 주차장으로 나왔다.

'수고!'

그래도 환한 창 속에서 수고하는 이들에게 보내는 인사는 잊지 않았다.

*　　　　*　　　　*

"신목(神木)이네?"

규리는 샴펙나무 목곽을 한눈에 알아보았다. 어린 그녀, 목곽을 두 손에 정성껏 받아 들더니 가장 어두운 곳에 내려놓았다. 그런 다음 정갈하게 흰 목곽의 뚜껑을 열었다.

"민민이 타고 다니는 코끼리를 넣어두는 곳이야."

승우는 품 안의 코끼리도 죄다 꺼내놓았다. 규리는 대꾸하지 않고 검은 목곽을 열었다. 그러더니 고개를 저었다.

"문제가 있니?"

"심각해요."

"……."

"아저씨, 이 목곽이 신목인 줄은 알고 계세요?"

"그럼!"

"하지만 목곽도 죽어간다는 걸 몰랐죠?"

"목곽도?"

"민민에 대한 게 더 있나요?"

"민민과 관련된 거라면… 내 손목?"

"이리 줘보세요."

규리가 손목을 당겼다.

"손목도 생기가 닳아가고 있어요."

"응?"

"다 그렇다고요. 민민을 둘러싼 모든 것이……."

"규리야……."

"이거 말고 더 없어요? 진짜 민민의 집… 민민의 힘이 되는 시작 말이에요."

"그런 거라면… 미얀마에 있는 민민 할아버지 집의 파고다?"

거기까지 짚어가던 승우의 뇌리에 마른벼락이 스쳐 갔다.

빠자작!

고압전류에 감전된 듯 정신이 번쩍 드는 승우.

파고다. 파고다였다.

그 무너진 파고다…….

미얀마의 상징 쉐다곤 파고다와 고귀한 황금돌탑 짜익티요 파고다, 그리고 뽀빠산 정상 금빛 파고다의 기운을 받아내던 민민 할아버지의 파고다. 그러나 어둠의 낮꺼도 묘민딴으로 인해 결계가 붕괴된 그 파고다!

'그러고 보니…….'

안개가 순식간에 걷혀 나갔다. 민민이 나른해지기 시작한 시점이 바로 그때였다. 원기가 끊겼다, 말하자면 조금씩 시들 기 시작한 것이다. 물 주기가 멈춰진 화분. 그 안에서 조금씩 말라가는 화초처럼.

"맞아. 바로 그거야. 미얀마 민민 집에 있던 신물 파고다… 그게 무너졌거든."

"역시……."

"어쩌지? 거기 표표가 있지만 금방 재건하지는 못할 텐데……."

"표표요?"

"민민의 하녀. 너무나 충성스러운……."

"여자예요?"

"응! 한국에도 왔었어."

"예뻐요?"

"응?"

"쳇, 민민, 이제 보니 부자였나 보네? 하녀도 있고……."

규리가 입술을 삐죽 내밀었다.

"규리야……."

"알았어요. 원인을 알았으니까 아저씨는 저쪽으로 가 계세요."

"뭐하려고?"

"파고다인지 뭔지 다시 세우려면 시간이 걸린다면서요? 그 사이에 민민이 다 삭아서 사라지는 거 보고 싶어요?"

"아니, 절대!"

"그러니까 물러서세요. 다행히 오늘이 경신일이에요. 아직 새벽 4시는 아니니까."

규리는 옷과 머리를 단정히 하고 북쪽을 향해 칠 배를 올린 후에 자리를 잡았다. 그런 다음 가방을 당겨 부적을 꺼내 들었다.

"수신수호부예요. 전에 연습 삼아 열심히 쓴 건데 조금만 비방을 보태면 어느 정도 시간을 벌 수 있을 거예요."

규리는 삼펙나무 목곽을 당겨 제 앞에 놓았다. 이어 그녀가 꺼내 든 건 침이었다. 황금빛이 영롱한 대침……

'뭘 하려는 거야?'

지켜보는 승우의 목으로 마른침이 꼴깍 넘어갔다.

콕!

규리는 제 오른손가락을 찔렀다. 피는 첫 번째 부적에 떨어졌다. 정확히 글자 획의 무게 중심 가운데였다.

콕!

이번에는 왼손가락……

그걸 두 번째 부적에 피를 떨구는 규리. 그녀는 부적에 떨군 피가 마를 때까지 간절하게 합장하며 소망을 이어갔다.

10분, 20분.

적지 않은 시간이지만 몸 한 번 움직이지 않았다. 승우 역시 선 채로 움직이지 않았다. 자칫하면 부정이 탈까 걱정이 되었던 것이다.

달빛이 살짝 물든 규리의 모습은 흡사 밤을 지키는 선녀와 같았다. 인간을 위해 비밀스레 운명을 인도해 주는 베일의 선녀······.

피가 완전히 마르고서야 규리의 두 손이 꼼지락 움직였다. 첫 부적은 흰 목곽에 넣었다. 두 번째는 검은 목곽에 넣었다.

순간 화악! 목곽에서 광채가 터져 나왔다. 규리를 물들인 달빛보다 강했다. 역광을 받은 규리의 모습이 신성해 보인다고 생각될 때, 으음··· 민민이 기지개를 켜고 일어섰다.

"민민······."

승우가 고개를 돌렸다.

"밍글라바!"

민민이 눈을 비비며 인사를 해왔다. 그 목소리는 어제보다 밝았다. 샴펙나무에 깃든 광채처럼 민민의 몸에도 생동감이 깃든 것이다.

"으아악, 민민!"

승우는 기쁨을 감추지 못하고 민민을 안아 올렸다.

"왜요? 또 지각이에요?"

"아니, 그냥 너무 좋아서. 밍글라바, 밍글라바야!"

"규리야······."

민민의 시선은 승우를 지나 규리에게 닿았다.

"잘 잤어?"

규리가 창가에서 손을 흔들었다. 창을 배경으로 선 그녀는 하얗게 핀 박꽃처럼 소담스러웠다. 민민은 폴폴 날아 그녀에게 닿았다. 그리고 그녀 이마에 맺힌 땀방울을 쓸어주었다.

닦일 리 없다.

그럼에도 민민은 마음을 다해 그 땀을 닦았다. 규리가 민민의 손을 잡았다.

"고마워."

규리가 웃었다. 민민은 얼굴을 붉히며 고개를 숙였다. 창밖으로 새록새록 아침이 찾아들고 있었다.

아흠! 졸린걸.

승우는 그제야 찾아든 하품을 몰래 털어버렸다.

*　　　*　　　*

"고마워."

규리에게 아침밥을 사먹인 승우가 말했다. 규리 옆에는 청풍댁과 상주보살이 서 있었다.

"뭘요. 일거리 만들어줘서 고마워요."

"일거리가 없어서 안 하는 건 아니잖아?"

승우가 웃었다. 그건 상주보살에게 들은 말이었다. 애기선녀 규리는 슬슬 유명세를 타고 있었다. 하지만 하늘이 두 쪽 나도 한 달에 한 건 이상은 하지 않는다. 다만 이번 일만은 예외였다. 승우의 부탁이기 때문이었다.

"아저씨……."

규리가 다가와 승우 귀에 대고 뭐라고 속삭였다. 중요한 말이었다.

"……?"

놀란 승우가 고개를 들었다.

"밑져야 본전 아닌가요?"

"그, 그러네?"

"찬성이죠?"

"나야 물론……."

"약속하세요!"

규리가 손가락을 내밀었다. 이 야무진 꼬마 아가씨는 뭐든 그냥 넘어가는 일이 없다. 승우는 얼떨결에 손가락을 걸고, 지장에 복사까지 하고 말았다.

"민민, 잘 있어. 또 비실거리면 죽어!"

규리가 승우 손목에 대고 주먹을 쥐어 보였다. 민민은 손목 위에서 손을 흔들었다.

"도력 높은 양반들은 내 한 번 알아봄세."

조수석 앞에서 상주보살이 말했다. 석 반장에게 부탁한 걸 상주보살에게도 전했다. 상주보살이라면, 그런 사람과 교분이 있을 것 같아서였다.

"또 봄세."

상주보살이 조수석에 자리를 잡을 때, 뒷좌석을 혼자 차지한 규리가 차창을 열었다.

"아저씨!"

"응?"

"좋은 점괘 하나 알려줄 테니까 복채 주세요."

"좋은 점괘?"

"살래요, 말래요?"

"이거면 될까?"

승우는 5만 원을 내밀었다. 실은 좋은 점보다는 가는 길에 셋이 밥값으로 썼으면 하는 바람이었다.

"충분해요. 오늘 좋은 일 있을 거예요."

규리가 돈을 받아 들었다.

"고맙다."

"그래도 아까 그 약속은 잊지 마세요."

"오케이!"

승우가 손을 들었다. 핸들을 잡은 청풍댁은 꾸벅 인사를 하고 페달을 밟았다. 어느새 어깨 위까지 날아오른 민민도 손을 흔든다.

"민민, 안녕!"

규리는 길고도 큰 외침을 남기고 멀어졌다.

"무슨 약속하셨어요?"

민민이 손목으로 내려와 물었다.

"응? 너 잘 보살펴 주라고……."

"히힛, 역시 규리가 최고라니까."

민민이 웃었다. 승우도 따라 웃었다.

부릉!

승우도 차에 올랐다.

약속…….

민민에게는 거짓말을 해버렸다. 규리와 건 약속은 그게 아니었다.

민민의 천도.

규리가 꺼낸 말이었다. 쉽지는 않겠지만 궁리를 하고 있단다. 그 말을 듣는 순간 부끄러움과 놀라움이 동시에 스쳐 갔다.

부끄러움은… 왜 나는 저렇게 적극적이지 못했나 하는 것.

놀라움은… 민민과의 이별이 다가올지도 모른다는 것.

생각이 많아질 때 전화가 걸려왔다.

―송 검사?

오 부장이었다.

"네, 부장님……."

―지금 어디 있나?

"출근 중입니다만……."

─도착하면 내 방에 좀 오시게. 굿뉴스가 들어왔어.

"알겠습니다."

승우는 전화를 끊었다.

좋은 뉴스…….

규리가 맞췄다. 하지만 어느 정도 예상하던 일이었다. 진범에 더해 추가 범죄까지 밝혀낸 장덕칠 사건. 거기 승우가 개입한 걸 알았을 테니 치하를 할 모양이었다.

하긴 오 부장도 많이 참고 있었다. 승우가 신수본이라는 이름으로 형식적 독립을 하는 통에 매사 참견하기가 곤란해진 것이다. 그렇기에 승우를 호출하는 일도 줄었다.

하지만 심적으로는 이미 승우를 지지하는 오 부장. 내내 침묵할 수는 없는 일이었다.

'밥이라도 한 끼 사시려나 보군.'

기왕이면 수사관들까지.

승우는 그렇게 마음먹었다. 오 부장이라면 승우네 신수본에 제대로 한턱낼 수도 있는 위치였기 때문이었다.

하늘은 푸르다.

오늘은 베이징발 황사도 잠잠하다. 그런데 이 좋은 아침에 지검 분위기가 좀 묘했다. 여기저기 삼삼오오 모여 웅성거리고 있는 것이다.

"검사님!"

현관 앞에 있던 차도형이 다가왔다.

"분위기 왜 이래?"

"아, 그게……."

"뭐 또 대형사고 터졌어?"

"사고라면 사고죠."

"무슨 사고?"

"승진인사 뚜껑 연 모양입니다."

차도형의 목소리가 내려갔다. 해당자가 없다는 말이었다.

"우리 방… 다 물먹었구만?"

"그게 아니라 검사 승진인사……."

"검사?"

"……."

"나 때문에 그래?"

"예……."

점점 기어들어 가는 차도형의 대답…….

"얼굴 푸셔. 나 그런 거 초월한 사람이라는 거 몰라?"

"하지만 김혁 검사님과 조기호 검사님이……."

"승진?"

"예……."

"하핫, 김 검이야 될 사람이 된 거지만 조 검 그 인간은 손 좀 썼구만."

"너무한 거 아닙니까? 전에는 몰라도 지금은 검사님이 우리 지검 톱인데……"

"누가 그래?"

"누가 그러다뇨? 최근 들어 초대형 사건 전부 바로 잡은 게 누굽니까? 검사님입니다."

차도형의 입에서 침이 튀었다.

"차 수사관."

"네?"

"고마워."

승우가 웃었다.

"검사님……"

"그거면 됐어. 승진보다 듣기 좋은데?"

승우는 차도형의 등을 툭 치고 걸었다.

솔직히 기분 나쁘지 않았다.

과거의 악행(?)이 아직도 사람들 뇌리에 남았을 일. 깊은 상흔은 금세 떨어지는 게 아니라는 것, 승우도 잘 알고 있었다. 승우 자신도 엄마를 이해하는 데 그렇게 오랜 시간이 걸리지 않았던가?

"나 오 부장님 좀 뵙고 갈게."

"예……."

차도형의 목소리는 여전히 떨떠름했다.

승진의 후폭풍이다.

그 몸살을 차도형이 대신 앓고 있는 것이다. 그게 또한 조직의 생리였다. 뭔가 좀 일을 하면, 조직구성원들은 보상을 바란다.

좀 큰 건을 내가 처리했으니 이번 승진인사에?

푸훗!

아마추어 같기는…….

승우는 알고 있다. 대개의 조직에서 승진이라는 보상이 어떻게 결정되는지를…….

승진에 목을 맨다면 신사본을 걷어치우고 국종도 차장의 빤쓰끈을 붙잡고 늘어지는 게 빠르다. 그에게 간을 빼주고 딸랑거리면, 승진은 보장될 수도 있었다.

똑똑!

노크를 했다. 오 부장 목소리가 새어 나오자 승우가 문을 열었다.

"어, 송 검사!"

책상에서 서류를 보던 오 부장이 반가이 일어섰다.

"일찍 나오셨군요."

"일찍은… 자네 팀은 밤을 새웠다면서?"

"저는 슬쩍 빠져서 꿀잠 자고 왔습니다."

"사람 겸손은. 새벽까지 본 사람이 있던데……."

"아, 그건 제가 그냥 이미지 연출상 조작을……."

"됐고, 축하해!"

오 부장이 손을 내밀었다.

"예?"

"축하한다고. 송승우 부부장검사!"

"부장님……."

"사람, 꿀잠 잤다더니 아직 잠 안 깬 거야? 승진 축하한다니까?"

"부장님이야말로 승진은 김혁과 조기호가……."

"물론 그 두 친구도 승진을 했지."

"그런데?"

"아, 이제 보니 지검 게시판 승진인사를 본 모양이군?"

"……."

"그건 우리 지검 티오로 발표한 거고 송 검 승진은 대검 티오 하나 내준 모양이야. 그래서 발표도 대검 인사란에 나왔어."

오 부장이 대검 승진인사 서류를 내밀었다.

〈부부장검사 송승우!〉

송. 승. 우.

거기 있었다. 승우의 이름 세 자가 또렷하게.

"부장님……."

"새벽같이 총장님이 전화하셨더라고. 당신이 직접 전화 걸면 송 검사가 부담스러울지도 모르니 나보고 대신 축하해 주라고……."

"이, 이건……."

"이제 축하 악수를 받겠나? 송 부부장검사?"

오 부장이 다시 손을 내밀었다. 승우는 여전히 얼떨떨한 얼굴로 그 손을 잡았다.

"이제 시작이네. 지금처럼만 하면……. 머잖아 자네 시대가 열릴 거야."

따뜻한 격려 안에서 오 부장의 숨은 노고가 엿보였다.

신의 한 수!

그가 한발 돌아서 둔 묘수가 분명했다.

송승우는 지금 현재 아무런 하자가 없다. 하자는커녕 지검의 대표 검사로 꼽힌다. 하지만 과거를 돌아보면 하자투성이다. 그런 그를 지검 승진내정자로 올리면? 당연히 태클을 걸 사람이 많았다.

그러나 대검 티오라면 얘기가 달랐다.

그렇기에 오 부장은 물밑 작업을 벌였다. 이제는 승진이라는 보람도 느껴야 하는 승우. 그래야 또 하나의 원동력과 함께 추진력을 갖출 수 있기 때문이었다.

승우는 오 부장을 향해 정중한 묵례를 올렸다. 딱히 승진이라는 선물 때문은 아니었다. 그가 인간적으로 승우를 배려하는 까닭이었다. 그랬기에 승우, 설령 이 승진이 이루어지지 않았다고 해도 오 부장을 탓할 생각은 전혀 없었다.

"점심에 보세. 시간 비워두고.

"예……."

"가보게. 요즘 바빠서 숨 쉴 시간도 없는 모양이던데……."

오 부장의 입가에는 미소가 그치질 않았다. 그에게 있어서도 송승우는 참 각별한 부하이자 후배였다. 지옥에서 천국으로. 그 말을 실감하게 해준…….

"사람……."

오 부장은 흐뭇한 미소를 물고 책상에 앉았다.

딩도도롱동동!

복도에 나오기 무섭게 승우 전화가 울렸다.

빠라였다. 오랫동안 잊고 살던 빠라끌리또들이었다. 그중에는 승우에게 미녀를 열혈 공수해 주던 빠라도 있었다.

"승진 축하 기념으로 미녀 3종 세트 준비하겠습니다."

"얼굴, 가슴, 키 3종으로!"

예전 같으면 그런 대화를 주고받았을 승우. 쏟아지는 전화를 피해 배터리를 빼버렸다.

'엄마…….'

계단참의 중간. 인적이 끊긴 그곳에서 승우, 등을 기대고 지검의 높은 천장을 바라보았다. 승우의 수호령 강초희. 그녀가 웃었다.

'나 승진했어요.'

그래, 승우야…….

'뒷구멍이 아닌 실력으로요.'

장하다. 그럴 줄 알았어.

'좀 늦었죠?'

아니, 엄마는 네가 너무 자랑스러운걸.

'다음에는… 다음에는 너무 늦지 않도록 할게요.'

응, 아빠도 기뻐할 거야.

'엄마…….'

우리 승우… 최고야.

최고야!

엄마의 격려는 승우의 귓전에서 심장 안으로 메아리를 이루며 밀려들었다. 가슴이 먹먹하다. 눈시울도 뜨겁다.

저벅!

승우의 호젓한 상상은 요란한 발소리와 함께 끝났다. 차도형과 권오길이었다.

"검사님!"

"여객선이라도 또 뒤집혔어? 왜들 소란스럽게 몰려다니고 난리야?"

"으아, 왜 전화 안 받으세요?"

"전화?"

"아무튼 축하합니다. 검사님도 승진하셨답니다!"

차도형이 소리쳤다.

"내가?"

승우는 시치미를 떼고 고개를 들었다.

"아, 새끼들… 내가 검사님 승진 안 시키면 권오길이랑 같이 대검을 핵으로 날려 버리려 했더니 쫄아가지고 바로 반응 주네요. 축하드립니다."

차도형이 톤을 높이며 오버했지만 하나도 밉지 않았다.

"축하드립니다. 검사님!"

권오길의 말에도 진심이 홍건하다.

"아, 거 고작 부부장검사 가지고… 검찰총장 달면 난리가 나겠네."

승우는 너스레로 둘의 축하를 받았다.

"가세요. 유 계장님하고 석 반장님, 수미 씨까지 목이 빠지게 찾고 있습니다."

차도형이 계단을 가리켰다.

짝짝짝!

별관에 들어서자 유 계장과 수사관들이 박수로 승우를 맞아주었다. 어디서 왔는지 책상은 벌써 난으로 화원을 이루고 있었다.

"축하합니다!"

유 계장이 다가왔다.

"축하드립니다요."

석 반장의 목소리는 이런 날조차도 손두부처럼 투박하다.

"받으세요!"

나수미는 꽃다발을 내밀었다.

"다들 고맙습니다."

승우가 말했다. 곧 이어 간부들과 다른 검사실의 수사관들이 밀어닥쳤다.

축하합니다. 축하합니다. 축하합니다!

인사는 인사 위에 켜켜이 쌓였다. 그렇게 오전 내내 이어졌다.

"검사님, 오 부장님이 전부 내려오라는 데요?"

점심 무렵, 전화를 받은 나수미가 말했다.

"오 부장님이 상다리 부러지게 쏘신답니다. 다들 긴급출동하시죠."

승우가 말했다.

"으아, 이거 잘나가는 검사님 밑에 있으니까 배도 호강하는 구나."

차도형이 너스레를 떨었다.

"그쯤하고 오후에는 다들 집에 들어가세요. 호사다마라고 수사관들 혹사시킨다는 소문 돌면 곤란하니까."

승우가 웃었다.

맨 나중에 일어서던 승우는 나수미가 준 꽃다발에서 가장 탐스러운 장미 세 송이를 뽑았다. 그런 다음 창가의 빈 화병에 하나씩 꽂았다.

민민…….

'이건 너한테 바치는 감사.'

또 한 송이…….

'이건 엄마에게…….'

마지막 꽃…….

'이건… 아버지…….'

문으로 나온 승우가 창틀을 돌아보았다. 세 송이 장미는 더 없이 화사해 보였다.

4장
아기집을 싹둑

오후는 더 바빴다.

식사 후에 사무실로 돌아오니 꽃바구니와 난, 작은 선물들이 산더미를 이루고 있었다. 승우는 하나하나 이름을 확인했다. 그러다 한 선물에서 시선이 멈췄다.

송광문. 역시나 그 이름이 있었다. 예전 망나니 시절의 허튼 약속… 잊지도 않은 모양이었다.

"나수미 씨!"

"네?"

"택배직원 불러서 이건 돌려보내 줘."

승우는 선물을 빼놓았다. 내용은 보지도 않았다. 특별히 정리해야 하는 데는 이유가 있었다.

잘나갈 때의 승우, 하루는 그와 약속을 했었다.

"승진하시면 세상을 드리지요."

송광문이 말했다. 같은 성씨에 따져 보니 먼 친척이라도 될 판. 더구나 마당발인 그였기에 농담은 아니었다. 그때 승우는 그에게 걸린 몇 가지 혐의를 벗겨주었다.

내사를 자처하고 나서서 무혐의처분을 내린 것이다. 송광문을 노리던 경찰은 닭 쫓던 개 지붕 쳐다보는 꼴이 되었다. 검사가 선수를 쳐서 무혐의를 내렸으니 수사에 김이 빠진 것이다.

면죄부를 얻은 송광문은 날개 돋친 듯 사업을 확장해 나갔다. 미인계도 쓰고 내용을 바꾼 음료수 박스(?)도 마구 돌렸다. 그 결과 그는 소문 없는 부를 이루었다.

'그날 밤… 여자를 몇 명이나 데려왔더라?'

기억이 나지 않았다. 승우가 오케이 할 때까지 여자가 바뀌었다. 그렇다고 어디 나가는 언니들도 아니었다. 연예인들에게도 막강한 입김을 미치는 그였기에 쩐을 앞세워 무명 연예인들의 등을 민 것이다.

그나마 과거를 더듬을 수 있는 건, 그날 밤의 거사가 없던 일로 되었기 때문이었다. 너무 달린 승우, 미녀를 옆에 두고 냄새만 맡았다. 의지는 있되 몸이 따르지 않았다. 그때 일요일 정오에야 깨어났으니 호텔 침대머리에는 여자의 메모가 남았을 뿐이었다.

하지만 빠라끌리또들도 이번에는 만만치 않았다. 핸드폰을 꺼두자 사무실 전화에 불이 나버렸다. 그중에는 당연히 송광문의 전화가 있었다.

─앙축드립니다. 검사님!

오랜만에 들은 목소리지만 반갑지 않았다. 그때는 지상낙원이었지만 지금 돌아보니 치부에 불과한 치기의 시간들…….

"지금 바쁩니다."

─저 지금 지검 앞입니다만…….

지검 앞!

그는 여전히 과거의 승우를 기억하고 있었다. 건수가 생기면 근무시간 외출도 문제가 되지 않았던 승우였다. 그러나 과거는 흘러갔다.

"나중에 연락드리죠."

승우는 전화를 끊었다. 그런 다음 수사관들에게 말했다.

"지금부터 나 사무실에 없는 걸로 해주세요!"

그건 승우의 바람에 불과했다. 여전히 짝사랑 빠라끌리또가 많았던 승우. 바람대로 전화가 그치지는 않았다. 수사관들에게 공연한 수고를 끼친다고 생각하니 뻘쭘해졌다.

"김 검사 방에 좀 다녀올게요."

공연한 일을 만들어 자리를 떴다.

본관에 들어선 승우는 검찰직원들에게 인사를 받았다. 김혁은 만나지 못했다. 부장실에 보고를 들어가고 없었다. 다시 사무실 들어가기도 뭣해 청사를 나섰다. 수고하는 수사관들에게 테이크아웃 커피나 사다줄 생각이었다.

빵빵!

인도를 따라 걸을 때 경적이 울렸다. 아우디 뒷좌석에서 고개를 내민 건 송광문이었다.

"아이고, 막 사무실로 쳐들어가려던 참인데… 텔레파시 통했네. 타시죠?"

그의 주특기인 붙임성과 너스레. 인상도 나쁘지 않건만 느끼하게 느껴졌다.

"업무 중이라서……."

"아따, 잠깐이면 됩니다. 제가 이 근처에 새 사무실을 냈거든요."

"다음에 봐요."

"아, 진짜… 왜 이러십니까?"

송광문이 뛰어나와 팔을 잡아끌었다. 그는 거한이다. 격투가 아닌 실랑이에는 승우가 절대적으로 불리했다. 별수 없이 차에 올랐다.

"10분 드리죠."

일단 선을 그었다.

"아무튼 승진을 감축드립니다."

"뭐 시간 지나면 저절로 되는 승진을 가지고……."

"그건 다른 검사들 이야기지요. 저한테는 송 검사님 승진이 검찰총장 되신 거나 다름없습니다."

"진짜 시간 없거든요."

"야, 빨리 모셔라!"

차가 멈추자 송광문이 소리쳤다. 기사가 내려 문을 열어주었다.

사무실은 깨끗했다. 세상에는 아직 눈먼 돈이 많았다. 그런 돈이 있는 한, 송광문 같은 인간의 금고에는 돈이 쌓일 수밖에 없었다.

소파에 앉자 여직원이 커피를 가져왔다. 늘씬하고 탱탱했다. 아마 몸매를 보고 뽑은 모양이었다.

"쭉 드시죠."

송광문이 권유하자 승우는 커피를 집어 들었다.

"검사님!"

'제가 뭐 실수한 겁니까?'

승우는 송광문이 할 말을 알고 있었다. 그리고 짐작과 똑같은 말이 나왔다.

"제가 뭐 잘못한 겁니까?"

"아닙니다. 나도 이제 국가에 충성 좀 해야죠."

"아니, 누가 충성하지 말랍니까? 하지만 품위는 지켜가면서 하셔야죠. 그게 송 검사님 매력 아닙니까?"

"품위요?"

"제가 알아봤더니 세상에… 쌍팔년도에나 탈 법한 똥차를 타고 다니시더군요. 그게 말이 됩니까? 제 차라도 타고 다니십시오!"

송광문이 아우디 키를 내놓았다.

"송 사장님!"

"우리가 어떤 사이입니까? 까놓고 말해서 삼국지 도원결의보다 더 찐한 정으로 맺어진 사이 아닙니까? 대체 무슨 일이 있는 겁니까? 어떤 새끼가 검사님 씹고 있는 겁니까?"

"그런 거 아니라고요."

"아무튼 그동안 일이 바빠서 정을 돈독히 못 나눈 것까지는 이해합니다만 이번 승진만은 그냥 못 넘어갑니다."

"송 사장님!"

"최소한 축하파티라도 하게 해주십시오."

"됐습니다."

"지금 이리나가 와 있습니다."

"……?"

이리나!

승우의 귀가 반응을 했다. 그때는 톱모델 그룹… 지금은 톱 중에서도 톱의 위치에 오른 모델이었다. 개막장의 극치를 달릴 때 딱 한 번만 안아보고 싶었던 그 여자…….

"잘나가시는군요."

"제가 작심하고 데려다 놨습니다."

송광문은 제멋대로 여자를 불렀다. 문이 열리고 킬힐에 숏미니를 입은 여자가 들어섰다. 한동안 여자를 멀리한 승우, 여신이 강림하는 줄 알았다.

"안녕하세요?"

하지만, 이리나는 아니었다.

"제가 새로 투자할 아이입니다. 도도하고 고혹적인 게 아주 죽음이죠? 얘가 필드에 나가면 이리나도 끝장입니다."

"사장님……."

"저 그동안 돈 좀 만졌습니다. 그거 잊지 않으셨죠? 우리 죽을 때까지 같이 가자시던……."

"다 옛날 얘깁니다."

"아, 뭐하냐? 내가 아는 대한민국 최고의 상남자시다."

송광문이 여자를 밀었다. 승우의 코앞까지 밀려온 여자. 나

른한 향수 냄새가 진동을 해왔다. 승우와 눈이 마주치자 여자는 찡긋 윙크를 했다. 닳고 닳은 아이는 아니었다. 그래봤자 이제부터 특급속도로 닳겠지만……

승우는 손바닥을 까닥해 그녀를 불렀다. 그런 다음 그녀의 귀에 대고 속삭여 주었다. 그녀도 승우의 귀에 대고 속닥 화답을 해왔다.

여자가 나갔다.

"오, 애프터 잡으신 겁니까?"

지켜보던 송광문이 웃었다.

"아뇨. 송 사장님 실체에 대해 말해줬습니다."

"예?"

"진짜 크고 싶으면 사장님 상대하지 말라고."

"아, 진짜……"

"나한테 투자할 돈 있으면 기부나 하세요. 저 주지육림 청산해서 투자해 봤자 나올 거 없습니다."

"우리 사이가 어디 그런 계산기 두드려 대는……"

"한 번 더 찾아오면 원리원칙대로 갈 겁니다. 사장님, 아직도 편법 많이 쓰고 있죠?"

"……"

"커피 잘 마셨습니다. 뭐 이 정도는 찐한 옛정으로 받아드리죠."

승우가 자리를 털고 돌아섰다.

"검사님!"

복도로 나오자 아까 그 여자가 보였다. 목을 까닥하며 인사를 해온다. 나름 도도하다. 그렇기에 도발적인 화답을 했겠지. 그녀가 승우의 귀에 대고 응수한 말…….

'댁이나 잘하세요.'

제법 까칠했다.

맞는 말이었다.

저 여자가 어떤 길을 가던 무슨 상관인가? 오늘 밤 70대 재벌회장의 밀실에 들어가 옷을 벗고 출연권을 받는다고 해도 그건 여자의 팔자일 뿐이었다.

세상의 모든 일을 승우가 바로 잡을 수는 없다. 승우는 승우의 일에 최선을 다하면 될 일.

과거…….

때 묻은 과거 하나를 그렇게 잘라낸 승우였다.

*   *   *

오는 길에 커피 몇 잔을 샀다. 사무실 복도에서 유 계장을 만났다. 그는 웬 여자와 함께 서 있었다.

"우리 주시게요?"

커피를 본 유 계장이 물었다.

"예. 목이나 축이시라고……"

"고맙습니다."

유 계장이 커피를 받아 들었다. 그런 다음,

"이분이 송승우 검사님입니다."

앞에 선 여자에게 승우를 소개했다.

"안녕하세요?"

여자가 인사를 해왔다. 그녀의 나이는 32세. 직업은 간호사였다. 미인까지는 아니지만 차분하고 해사한 모습이 시선을 끌었다.

"아, 예……"

승우도 얼결에 인사를 받았다.

"실은 이틀 전부터 전화를 하셨던 분인데 사건 때문에 분주해서 미뤄두었거든요. 그랬더니 오늘은 직접 오셨네요."

유 계장이 승우를 바라보았다.

"무슨 일이신지?"

승우의 시선이 간호사에게 건너갔다.

"실은 좀 복잡한 일이라서… 저희 사촌 오빠가 지방의 검찰청 공무원인데 여기 가서 상담해 보면 좋지 않겠냐고 조언을 해주셨어요."

"우리 계장님께 설명이 된 일인가요?"

"조금은……."

간호사는 말을 아꼈다. 주저주저하고 초조한 눈빛을 보니 말하기 어려운 일인 모양이었다.

"제가 대략 듣기는 했는데 사안을 보니 아무래도 검사님이 직접 들으시는 게……."

유 계장이 말했다. 승우는 간호사를 데리고 빈 회의실로 들어섰다.

"말씀하시죠."

자리를 잡은 승우가 고개를 들었다.

"네……."

대답을 하면서도 그녀, 여전히 우물쭈물이다. 두 손으로 물컵을 만지작거리는 걸 보니 착잡한 눈치다. 마음을 짐작한 승우가 그녀를 편하게 해주었다.

"무슨 말이든 절대 비밀은 보장됩니다. 그러니……."

"네……."

그녀는 물을 한 모금 마셨다. 딱 한 모금이었다. 그런 다음 호흡을 조절하더니 이야기를 시작했다.

"저는 봉황대학병원 7년 차로 있는 간호사예요."

봉황대학병원!

국내 굴지의 병원 중의 하나였다.

"제가 모시는 분은 이 분야의 최고 권위자로 꼽히는 교수님인데 한때는 대통령 주치의 물망에도 오르셨어요."

"그렇군요."

승우는 간단한 추임새로 그녀의 마음을 편하게 해주었다.

"우리 교수님… 지금까지 같은 수술을 200회도 넘게 하신 분이세요. 지금까지 단 한 차례의 실수나 의료사고도 없었고요."

지금까지 그 말이 두 번 반복되었다. 단서가 되는 모양이었다.

"요 최근 세 번을 빼고요."

단락이 바뀌는 말에서 간호사의 목소리가 내려갔다.

최근 세 번!

한 번이 아니라 세 번이라는 건 심각한 숫자였다. 거푸 세 번이라면 실수라고 할 수도 없는 범위였다.

그런데, 그녀의 말은 애매하게 매듭을 이었다.

"하지만 제 오해일 수도 있어요. 혹은 오해가 아닐 수도 있고요."

"사람이… 죽었나요?"

"그건 아니에요."

"그럼……?"

"하지만 그렇다고도 할 수 있지요."

"……?"

"근원을 제거하는 것. 그렇게 되면 아기를 낳을 수 없으니 그렇다고도……."

"근원이라면 자궁 말인가요?"

"네!"

간호사가 고개를 끄덕였다.

자궁!

간호사가 말하는 교수는 노윤종이었다. 관련 로봇수술의 1인자로 꼽힌다. 그는 특히 자궁근종 분야에서 탁월한 입지를 구축하고 로봇특허까지 가지고 있었다. 국내 최다 수술 경험에 최소 부작용…….

그렇기에 그에게 수술을 받기 위해 줄은 선 환자만 2천 명을 넘을 지경이었다.

문제가 생긴 건 그 '세 번'이었다. 그것도 연속이었다.

다른 사람은 몰라도 이 간호사, 즉 이현애는 알고 있었다. 노윤종의 수술에 참여한지 5년 차. 그의 절대적인 신임을 받는 탓에 다른 스태프들이 다 바뀌어도 이현애는 수술장을 지켰다.

"이건 진짜 비밀로 해주셔야 하는데……."

이현애는 어렵게 뒷말을 이어갔다.

그녀는 노윤종을 짝사랑하고 있었다. 올해 48세의 중후한 명의. 그러나 재작년에 상처를 했다. 아내가 췌장암으로 세상을 뜬 것이다. 그럼에도 불구하고 교수는, 예약된 수술을 한 건도 미루지 않았다. 의료인의 숭고한 사명. 그 인품에 반해 버렸다.

그렇다고 몸으로 구르는 그렇고 그런 사이는 아니었다. 이현애는 단지, 존경하는 마음을 담은 짝사랑일 뿐이었다.

문제가 된 세 번의 수술…….

자궁 안의 근종을 떼어내는 수술이었다. 처음에는 애매했다. YES or NO에서 후자를 선택한 것. 근종 수술 중에 자궁의 한 끝을 잘라 버린 것이다.

절단은 곧 자궁적출을 의미하게 되었다. 물론 상황이 애매하긴 했었다. 복강경에 정체를 드러낸 염증이 생각보다 컸던 것. 때문에 미리 환자를 주지시켜 둔 케이스였다.

'최선을 다하겠지만 근종 제거가 여의치 않으면 자궁을 제거할 수도…….'

그러니 후자를 택한다고 이상할 건 없었다. 그러나 노윤종은 이 방면 로봇수술의 최고 권위자.

염증이 커서 자궁천공의 우려가 있긴 했지만 전 같으면 자궁을 살리는 신기의 시전 쪽으로 갔을 일. 그런데 별생각 없이, 이현애가 보기엔 정말 별 고민 없이 싹둑싹둑 가위질을 해버린 것이다.

물론, 그의 권위가 절대적이므로 누구도 이의를 제기하지 않았다. 심지어는 환자와 환자 보호자까지도.

하지만 이현애만은 알고 있었다. 그건 명백한 의문이었다. 노윤종의 얼굴만 봐도 기분을 아는 그녀였으니 이유 같은 건 필요치 않았다.

그날, 그 순간.

노윤종은 말하지 않았지만 분명 당황했고, 수술 후에도 폭음을 했었다. 그녀가 아는, 첫 번째 폭음이었다. 아내를 보내고도 폭음 따위는 하지 않던 그가…….

폭음은 두 번째로 이어졌다. 그리고 며칠 전의 세 번째…….

그 세 번째가 치명적이었다. 환자의 집안이 보통이 아니었던 것. 명문가의 딸로 재벌가와 결혼한 30대 초반의 환자, 자궁근종으로 임신에 문제가 되었다. 그래서 부원장급 인맥을 앞세워 예약 앞쪽에 이름을 끼워 넣었다. 모든 과정은 지난 두 번과 비슷했다.

그러나 이번에는 문제가 되었다. 임신 문제를 해결하러 갔다가 불시에 자궁을 잃어버린 환자 측에서 그냥 넘어가지 않은 것이다.

의료 과실이 대두되었지만 병원 자체 진상위원회는 노윤종의 손을 들어주었다. 환자의 이익을 위한 불가피한 선택이었다는 것. 거기에 더한 면피.

첫째는 수술서약서.

수술에 대해 설명하면서 만약을 위한 설명을 덧붙였다.

—자궁 안을 들여다본 후에 상황이 여의치 않으면 적출을 하는 경우가 올 수도 있다.

의례적인 말이었지만 좋은 방패가 되었다.

두 번째는 노윤종의 권위.

이 또한 판단에 한몫을 거들었다.

수술에 참여한 스태프들의 증언도 불리하지 않았으므로 환자와 보호자는 물러설 수밖에 없었다. 이런 의료사고는 법정에 가도 유리할 일이 없었다.

그런데 공식적인 결과와는 달리 병원 내부에서는 따로 은밀한 움직임이 있었다.

'누군가 노윤종 교수의 신화에 먹칠을 하려한다.'

그 말인 즉 노 교수를 음해하려는 세력이 있다는 뜻이었다.

결국 그 네 번의 수술에 참가한 스태프들은 비밀리에 정밀 조사를 받게 되었다. 이 과정에서 세 명이 의심의 도마에 올랐다.

1) 라이벌 신은균 교수.

2) 수련의 하고명.

3) 간호사 조인숙.

신은균 교수는 같은 부인과 의사였다. 봉황대학교의 근원인 봉황의대를 나와 기치를 올리는 노장 의사의 선봉. 거기에 비해 노윤종은 비봉황대 출신 신진. 두 사람은 흔히 말하는 혁신과 보수의 대표주자였다.

신은균은 전통적 복강경을 선호한다.

노윤종은 로봇수술 지상론자.

대놓고 설전을 벌이지는 않았지만 둘의 신경전은 병원 전체가 다 아는 바였다. 노윤종 이전에는 부인과의 간판교수였던 신은균. 노윤종의 신화가 무너지기 전에는 2인자로 만족할 수밖에 없는 입장이었다.

두 번째로 수련의 하고명. 그는 과거 사고 전력이 있었다. 수술장 로봇관리를 소홀히 해서 오작동을 나게 했던 건. 하필이면 하고명은 신은균과 사제 사이라 더욱 의심의 눈초리를 받게 되었다.

마지막은 간호사 조인숙이었다. 수술을 보좌하는 그녀는 덜렁이 기질이 있었다. 몇 번 문제를 일으키기도 했었다. 따라서 노윤종이 그리 달가워하지 않던 사람이었다.

"자궁수술에 대해서는 잘 몰라서 그러는데……. 마지막 절단 결정은 집도의가 하는 거 아닌가요?"

듣고 있던 승우가 질문을 던졌다.

"그건 그래요."

"복강경하고 로봇수술이라는 거 전에 방송에서 봤는데…

상태가 화면으로 보이더군요."

"예……."

"그렇다면 다른 사람은 자궁을 절단할 수 없는 거 아닙니까? 집도를 맡긴 경우가 아니라면 수술 도구도 집도의 손에 있을 테고……."

"로봇 오작동이 일어나면 가능할 수도 있어요. 로봇수술이라는 워낙 디테일한데다 실수는 한순간이거든요."

"으음……."

"제 생각이지만 범인은 저 세 사람 중에 있어요."

"확신하신다?"

"그렇지 않고는 교수님이 거푸 그런 실수를 하실 리 없어요. 한순간… 딱 한순간에 회까닥 흔들려 버리시거든요."

"그건 무슨 뜻이죠?"

"검사님이 오해를 하고 계신가본데 저는 사실 스태프들이 수술 중에 의도적인 실수로 사고를 유발한다는 게 아니에요."

"그럼?"

"제가 여기 온 이유……. 검사님이 무속이나 초자연적인 사건에 전문이라고 해서였어요. 맞나요?"

"전문까지는 몰라도 관심은 가지고 있습니다."

승우가 대답했다.

"빙의!"

그러자 간호사가 한마디로 말했다.

"예?"

"그것도 아니면 저주 주술이나 최면 조종……. 그런 거라면 가능하지 않을까요? 로봇이 아니라 교수님 마음을 움직여 싹둑!"

간호사는 정말, 확신에 찬 얼굴이었다.

"어째서 그렇게 생각하시는지?"

"교수님이 몰래 혼잣말을 하는 걸 들었어요. 고개를 절레절레 저으며 귀신에 홀린 거 같다고……. 그리고 실제로도 제가 유심히 지켜본 결과 엉뚱한 절단을 하는 순간, 교수님 얼굴이 이상했어요."

"……?"

"마치 살귀가 씌인 듯이……."

살귀?

귀를 의심했지만 잘못 들은 게 아니었다. 왜냐면… 친절하게도 그녀가 한 번 더 강조해 준 것이다.

"그건 정말 살귀였다고요!"

이현애는 살귀라는 단어를 몇 번 강조했다. 이 간호사는 성당을 다닌다. 원래는 귀신같은 건 믿지 않는다고 했다. 하지만 존경하는 교수였기에, 그에게 관심이 많기에, 거기까지도 생각하게 되었다. 착각 같은 건 아니었다.

"실은 아는 경찰에게도 상담을 했어요. 그 사람… 끝까지 들어준 건 좋은데, 저보고 좀 쉬는 게 어떻겠냐고……."

이현애의 입에서 깊은 한숨이 흘러나왔다.

"제 생각에 이건 살인이에요. 여성의 여성성에 대한 살인, 그리고 노윤종 교수님에 대한 명예살인……."

공감은 갔다.

살인도 아주 지능적이었다. 출산이 가능한 아기집을 잘라버림으로써 출산 자체를 막아버리는 행위. 그게 의학적 판단이 아니라 개인의 감정에 의한 거라면 살인이 맞았다. 다만, 그런 형태의 살인에 대한 명문이 현행법 조항에 기재되지 않았을 뿐.

"도와주세요. 이제 우리 교수님… 한 번만 더 실수하면 끝장이에요. 병원 내에서도 공론화가 되었기 때문에 그냥 넘어가지 않을 거예요. 그러니 제발 누가 이런 잔혹한 주술을 걸고 있는 건지 잡아주세요!"

이현애의 표정은 간곡했다.

"일단 현장을 확인하러 가겠습니다. 자세한 건 그 후에나 말씀드릴 수 있을 거 같군요."

"수사에 착수해 주시는 건가요?"

"여러 가지 정황상 은밀하게 접근하겠습니다. 돌아가시면 사고가 난 수술장에 참가했던 스태프의 신상을 좀 보내주세요."

"그건 문제없어요."

"노윤종 교수 자료도요."

"교수님도요?"

"함께 검토해야 실수가 없습니다."

"알겠습니다. 고맙습니다. 검사님!"

이현애는 인사를 남기고 물러갔다.

텅 빈 회의실에 승우 혼자 남았다. 노트북에 전원을 넣었다. 자궁근종이라는 검색어를 넣었다. 이미지가 나왔다. 인체의 속살을 들여다보는 건 신비하면서도 오싹한 일이었다.

화면은 온통 붉은 분홍색······.

여러 수술 도구가 보였다. 한 부분을 집기도 하고 들어주기고 하고······. 근종에 나선의 도구를 찔러, 그 근종을 당겨 잘라내는 화면도 있었다.

모든 게 또렷했다. 더러는 자궁보다 큰 근종도 있었고, 다른 장기와 유착된 경우도 있었다. 말하자면 의사의 판단에 따라 떼어낼 수도 아닐 수도 있다는 의미였다.

CT와 MRI가 있다지만 만능은 아니었다. 가장 중요한 건 오픈했을 때 눈에 보이는 상태였다. 첨단장비로도 속속들이 다 볼 수 없는 게 바로 인체의 신비였으니 그야말로 '보는 것이 믿는 것이다'가 정답이었다.

문제는 결국 노윤종의 의학적 판단.

그가 애당초 적출로 가닥을 잡았다면 문제될 게 없었다. 혹은 판단이 애매해 오픈해 보고 결정하기로 했다고 해도 상관 없는 일이었다.

그런데!

이현애에 의하면 그는 두 가지 상이점을 보였다. 하나는 수술 순간의 변화였고, 또 하나는 자책이었다.

아무도 없는 곳에서 혼자 하는 자책.

그건 의사의 양심은 인정하지만 그 자신 외에는 비밀로 하겠다는 것이다. 의료사고라는 걸……

노윤종의 양심으로 보면 유죄였다. 그렇기에 진상조사가 열렸지만, 면죄부를 받았다. 양심만 침묵하면 비난은 하되 벌은 줄 수 없었다.

살귀의 눈빛!

승우의 뇌리에 그 말이 뱅글거렸다.

병원 안에서 일어난 일이었다. 나아가 의사 자신이 과실을 천명하지 않은 일. 그러나 그를 잘 아는 간호사가 보기엔 뭔가 의심이 가는 일.

그것도 주술적이다.

수사를 한다고 해도 비공개가 적합했다. 의사들을 상대로 비공개 수사? 그건 어쩌면 총칼 없이 전장에 나서는 병사와도 같을 수 있었다. 더구나 병원은 의사들의 천국. 명쾌한 증거가 아니라면 의학이 어쩌고, 십만 분의 일에 해당하는 부작용이 저쩌고 둘러대면 그냥 묻어갈 일이었다.

승우의 주저에 칼날을 세운 건 간호사의 신앙이었다.

독실한 천주교 신자, 귀신의 존재 같은 건 믿지 않는 사람. 그런 여자의 입에서 살귀가 튀어나왔다. 결국, 그 흥미가 승우의 등을 떠밀었다.

일단 한 번 탐색해 보기로 했다.

*   *   *

봉황대학병원은 붐볐다.

로비만 보면 무슨 은행에 온 것 같았다. 번호표를 뽑는 사람들, 여기저기 울려대는 딩동, 순번 차임벨 소리……. 더러 환자복을 입은 사람이 아니라면 병원인 줄도 모를 분위기였다.

"검사님!"

방문자용 엘리베이터 앞에 서 있을 때 이현애가 가다왔다. 그녀는 연두색과 흰색이 섞인 간호사 복장을 하고 있었다. 그러고 보니 병원에는 유니폼 종류가 많았다. 유니폼으로 업무 구분을 한 모양이었다.

"보내드린 사진 보셨어요?"

그녀가 물었다.

"네……."

"교수님이 오후 진료가 없어서 잠깐 시간을 냈으니 저를 따라오세요."

노윤종 교수!

출강을 하는 까닭에 일주일 내내 진료를 보지는 않았다. 계단참에서 그녀와 말을 맞췄다. 수술에 참여한 스태프들을 그녀가 만나면 승우가 원거리에서 관찰하기로 한 것이다.

"간호사부터 시작할게요."

이현애, 복도 끝에서 큼큼 목소리를 다듬었다.

그녀는 간호사 데스크로 향했다. 처음 만난 건 양정화였다. 자연스럽게 그녀에게 말을 건넨 이현애. 몇 마디 물어보고는 서류를 받아 들었다.

그사이에 승우는 양정화의 영기를 스캔했다.

영기는… 있었다.

희미하고 아련했다. 그러나 여기는 병원이고 상대는 크고 작은 수술에 참가하는 간호사. 의료사고든 위급한 환자든 수술 중에, 혹은 투병 중에 임종한 환자가 없을 리 없었다.

집중이 필요했다.

후우!

영력을 높여 빙의를 구분했다. 그녀에게는 별다른 이상이 없었다.

"어떠세요?"

대화를 끝낸 이현애가 승우를 스쳐가며 물었다.

"계속하세요!"

승우 역시 지나가며 그 말을 받았다. 누가 보더라도 수사 중이라는 건 눈치채지 못할 분위기였다.

"이번에 볼 사람이 조 간이에요. 조인숙 간호사……."

"아, 네……."

"참고로 말하는데 조 간은 좀 헤퍼요. 아무 남자하고나 친하게 지내는……."

의미심장한 말이다.

이현애는 그 말을 남기고 수술장으로 들어갔다. 잠시 후에 조인숙을 데리고 나왔다. 그녀는 옷이 달랐다. 녹색의 수술복 차림이었다.

착하고 선량한 눈동자가 헤프게 웃었다. 이현애의 말에 공감이 갔다. 이런 여자는… 술 한잔만 먹이면 오케이였다. 마음이 착해서 남자가 요청하면 거절하지 못한다. 단지 그뿐이다.

그녀 역시 이런저런 영기의 흔적이 느껴졌지만 빙의는 없었다. 대화를 끝내고 조인숙과 헤어진 이현애, 보호자 대기실 앞에서 승우를 바라보았다.

"다음엔 누구죠?"

"조 간은요?"

둘은 서로의 말을 동시에 꺼냈다. 그게 어색해 웃어버리는 승우.

"그냥 관찰입니다. 다 보고나서 제가 따로 수사대책을 세울 테니 너무 조급하지 마세요."

"알겠어요."

이현애는 엘리베이터에 올랐다.

그녀가 내린 건 5층 병동이었다. 거기서 수련의 최성모를 만났다. 얼굴이 훈남인 의사였다. 좋은 학력에 좋은 직업에 좋은 머리에 잘생긴 얼굴까지. 일상이 따분해진 신이 좋은 패를 한 번에 통 해준 기분이었다. 어쨌거나 승우, 최성모도 패스해 버렸다.

"이번엔 하 샘을 만날 거예요."

하 샘!

하고명이다.

이현애가 의심하는 사람 중의 하나. 승우는 여전히 거리를 유지한 채, 다른 환자의 면회객처럼 행동을 했다. 하고명은 처치실에 있었다. 병실과 병실 사이에 준비된 처치실. 이현애가 그 안으로 들어갔다. 잠시 후에 하고명이 나왔다. 가운을 풀어헤친 포스. 척 봐도 레지던트로 보였다.

'응?'

이현애가 막 이 사람이라는 비밀의 신호를 보내는 순간, 승우는 싸아하게 내쏘는 영력을 느꼈다. 그런데 하고명 쪽이 아니라 비상계단 쪽이었다.

팟!

승우가 그곳으로 뛰었다. 거기 아른거리던 그림자가 달아나기 시작했다.

"거기 서!"

승우는 계단을 세 개씩 뛰어올랐다.

"서라고!"

잡고 보니 50대의 아줌마였다. 제멋대로 얽은 얼굴에 승복을 입은…….

"검사님!"

놀란 이현애가 뛰어올라 왔다. 그와 상관없이 승우는 승복의 여자를 보고 있었다.

'이 여자…….'

신력이 느껴졌다. 무덤덤하게 튀어나오는 영력… 무속의 내공을 가진 여자였다.

"죄송해요!"

순간, 이현애가 울상을 하며 나섰다.

"죄송하다고요?"

승우의 고개가 이현애에게 돌아갔다.

"이분은 이상한 분 아니에요. 제 부탁으로 오신 류 보살님
이라고……."

"류 보살?"

매치가 되지 않았다. 이현애는 천주교 신자가 아닌가?

"죄송해요. 이게 어떻게 된 거냐 하면……."

상황은 이현애가 정리해 주었다.

류애자 보살은 그녀가 부른 또 한 명의 영적 능력자였다.

"여주 암자에 계신 분인데, 액막이나 귀신 찾아내는 데 일
가견이 있으시다고 저희 작은 어머니가 추천해 주셔서……."

다급한 마음에 이현애, 주변 사람에게 죄다 SOS를 날린 모
양이었다. 웃을 수 없었다. 그만큼 간절하다는 얘기였다. 하긴
승우를 찾아온 이유도 무속검사였으니, 무속인이 한 명 더 있
다고 이상할 일도 아니었다.

"아… 예……."

승우는 맥이 풀렸다. 보살이어서가 아니었다. 뒤통수를 자
극하는 신통력 때문에 단서를 잡았다고 생각한 마음이 폭삭
무너진 것이다.

"나무관세음보살……."

보살은 합장을 하고 묵례를 해왔다. 일이 이렇게 되고 보니
승우는 보살과 동행하는 수밖에 없었다.

검사와 보살의 합동조사!

검찰 사상 유례가 없을 일이었다.

마지막 차례는 신은균 교수였다. 그는 오전 진료가 끝나는 1시가 되어야 볼 수 있었다. 이현애의 도움도 아니었다. 점심 식사를 하러 나오는 그. 진료실 앞에서 만나게 되었다.

"오늘 메뉴가 뭐라고?"

안경을 고쳐 쓴 신은균이 후배 의사에게 물었다.

"닭개장이라던데요. 마음에 안 드시면 밖으로 가실까요?"

"아니야. 오후 강의가 빡빡해서 그냥 구내식당으로 가야겠어."

신은균은 후배에 앞서 걸었다. 그 뒷모습에 네 개의 눈동자가 꽂혔다. 승우와 류 보살이었다.

"끝났어요?"

이현애가 다시 나타난 건 1시가 조금 지나서였다. 승우와 류 보살은 그녀를 따라 지하층으로 내려왔다. 지하층은 넓었다. 식당도 있고 커피전문점도 있었다. 식사는 거절했지만 별수 없었다. 그녀가 예약을 해버린 까닭이었다.

쿄토 우동인지 뭔지를 먹고 밖으로 나왔다. 널찍한 산책로가 있었지만 세 사람이 모인 곳은 각종 비품실이었다. 그래도 커피는 한 잔씩 들었다. 계산은 승우가 치렀다.

"어떠세요?"

이현애는 커피에는 관심이 없었다.

"검사님이시라며… 범인이 있는 거 같나요?"

류 보살도 승우에게 시선을 돌렸다.

"저야 분위기만 본 거죠 뭐. 오히려 무속하시는 분 견해가 궁금하네요."

승우는 공을 넘겨주었다.

"내가 보기엔 아까 본 그 의사가 범인이에요."

류 보살은 기다렸듯이 말했다.

"하 샘이오?"

이현애의 목소리가 저절로 높아졌다.

"왜죠?"

승우가 물었다.

"그 사람… 마가 꼈어요. 뭔가 큰일을 저지른 거 같아요."

류 보살의 목소리가 살짝 떨렸다.

"그게 다 보이나요?"

"그럼요. 나는 천존보살의 후신이에요. 내 안에 그분이 있지요. 그분이 점지하기만 하면 뭐든지 알 수 있어요. 그 사람… 결국 사람을 죽여요. 수술짓 못 하게 해야 해요."

류 보살의 눈에 흰자가 많아지기 시작했다. 접신이었다. 자기감정의 극치에 도달하자 신기가 내리는 것이다.

"으헛!"

그러다 승우를 보고는 엉덩방아를 찧는 류 보살.

"괜찮아요?"

놀란 이현애가 보살을 부축해 세웠다.

"이 사람… 이 검사님도 마가 꼈어. 이 사람… 귀신냄새가 등천을 해!"

이현애의 눈자위는 아예 흰색으로 변해 버렸다. 동시에 두 손을 들고 벌벌 경련을 일으키더니 한참 후에야 딱 경련을 멈췄다.

"히유우!"

휘파람 같은 한숨을 내쉬며 그녀, 제정신으로 돌아왔다.

"류 보살님……."

이현애는 어안이 벙벙한 표정이다.

"검사님… 신내림 받았수?"

땀에 절은 류 보살이 물었다.

"아닙니다. 그냥 관심이 좀 있어서……."

"그럴 리가! 그 안에 신이 들었는데……. 당신 틀림없이 신내림을 받은 사람이야. 그것도 아주 세게……."

"뭐 신기가 있다는 말은 가끔 듣습니다."

승우는 그 정로로 받아넘겼다. 류 보살… 허튼 타짜는 아닌 것 같았다.

"아무튼, 진짜 검사님이면……. 빨리 하고명 체포하세요. 그 사람이 범인이에요."

"예?"

"서두르세요. 그렇지 않으면 누군가 목숨을 잃는다고요."

류 보살이 재촉했다. 허튼말은 아니길 바라지만 그렇다고 어쩔 수는 없었다. 아무리 검사라고 의사를 덜컥 체포할 수는 없지 않은가?

그때, 왈딱 비품실 문이 열렸다.

"이 선생님!"

문을 열고 들어선 사람은 새파란 간호사였다.

"어머! 김 샘, 무슨 일이야?"

그러자 신참 간호사, 류 보살만큼이나 경련이 이는 모습으로 뒷말을 이어갔다.

"큰일 났어요. 3번 수술장에서 사고가 터졌대요."

"웅? 누가?"

"하 샘요. 수술 마무리를 하다가 엉뚱한 델 건드려서 환자가 지혈이 되지 않는다네요. 완전 긴급상황이래요."

"뭐어?"

놀란 이현애의 눈이 류 보살에게 향했다. 승우 또한 그랬다.

이현애와 신참 간호사가 달려 나갔다. 류 보살도 그 뒤를 이었다. 승우도 일단 복도로 나왔다. 괜한 현기증이 일었다. 잠시 벽에 기대 정신을 추슬렀다. 그 앞으로 의사들 한 무리가 몰려갔다. 그들의 말 한마디가 승우의 남은 정신을 강타해 버렸다.

"3번 수술방 환자 과다출혈로 사망했다고?"

"그렇다네요. 워낙 갑작스러운 일이라 손을 못 썼대요."

사망이란다. 시간이 정지된 느낌……

사람을 죽여요, 의사 짓 못 하게 해야 해요!

보살의 예견……

우연일까? 아닐까?

기막힌 보살의 신통력. 승우의 머리 안에 들어찬 회오리는 좀처럼 가시지 않았다.

사망! 그러나 문제는 수술 중의 돌발사태라는 것. 아직 과실 여부의 판단이 남아 있었다. 그러니 아직은, 경찰이 개입할 단계도 아니었다.

승우와 이현애, 류 보살은 병원 근처의 커피전문점으로 자리를 옮겼다. 하고명의 '사고'에 놀란 이현애, 아예 오후 조퇴를 해버렸다. 마침 노윤종이 출강하는 날이니 크게 문제가 되지 않았다.

"어휴, 저는 어찌나 놀랐던지 지금도 가슴이 벌떡거려요."

이현애는 커피를 두 잔이나 거푸 마셔댔다.

"천존보살님은 틀리지 않아요. 나무관세음보살……"

류 보살은 두 손을 모았다.

"검사님, 그 사람 체포해야 하는 거 아닌가요?"

이현애가 고개를 들었다. 이제 숨을 좀 돌린 모양이었다.

"사건이 다르지 않습니까? 게다가 방금 전 일은 아직 병원 내의 일이고……."

승우가 선을 그었다.

의료사고는 한 번도 수사해 보지 않았다. 하지만 형식적으로 수사현장에 끌려 다닌 적은 있었다. 승우가 기억하는 한 의사들은 수사영역의 저편에 있었다.

병원 안에 들어서면, 그들의 왕국이다. 말하자면 CCTV나 목격자 없이 일어난 사건과 같았다. 목격자가 없으니 피의자 말이 절대적인 것.

증거의 수집도 쉽지 않았다. 기껏 어떤 증거를 확보한다고 해도, 그 증거의 범죄성 내지는 과실을 판단해 주는 것도 의사들이기 때문이었다.

그러니 수술 중의 환자가 죽었다고 해서 속단할 수 없었다.

"그럼 이제 어떻게 해야 하죠?"

이현애가 물었다.

난감하긴 승우도 마찬가지였다. 노윤종을 빼고는 수술에 참여한 모든 스태프를 만나보았다. 다른 건 몰라도 빙의나 환신에 의한 일은 아닌 것 같았다.

하지만 빙의나 환신도 종류가 많았다. 아직 세상 저편의 모든 일을 알지 못하는 승우. 그 또한 아니라고 단정하긴 무리였다.

승우의 시선이 류 보살에게 향했다.

"내 생각을 묻는다면 하고명이에요. 그 사람에게 살귀가 느껴져요. 그런 사람이 옆에 있으면 살마가 낄 수도 있어요. 이 선생."

류 보살의 시선이 이현애에게 건너갔다.

"네?"

"노 교수님 안 다치려면 비방을 하나 만들어야 해요. 아무래도 병원이다 보니 이래저래 죽은 사람도 많을 테고, 만일을 위해서라도……."

"그럼 만들어주세요."

"그게……."

류 보살이 승우 눈치를 살폈다.

돈이다.

아무리 용한 보살이라도 밥은 먹고 살아야 하는 법이 아닌가?

"비용은 염려 마세요. 제가 보내드릴게요."

"뭐 그러면 내가 날을 받아서 좋은 날의 신통력을 넣어드리죠. 나무관세음보살……."

류 보살은 그 말을 남기고 일어섰다. 강남에 또 다른 대주 (大主)와 약속이 있는 모양이었다.

이현애는 총력전이다. 천주교 신자로서 신앙이 아닌 무속에 기대는 건 쉽지 않은 일. 하지만 그녀의 기세는 노윤종에게 도움이 된다면 뭐든 할 기세였다.

"노 교수님은 내일 나오시나요?"

"네……."

"교수님은 알고 계신가요? 이현애 씨가 이 일에 적극적이라 는걸?"

"모르시니까 비밀로 해주세요."

역시… 그렇군.

승우는 깊은 날숨을 쉬었다.

"내 생각은 다릅니다."

"예?"

"공개수사까지는 아니지만 공식적으로 교수님을 만나봐야 겠습니다. 이현애 씨 입장이 곤란하면 병원에서 익명의 투서 가 들어온 걸로 하죠. 수술장도 좀 확인해야 하고……."

"어머, 그래주실래요?"

이현애는 반색이다.

"그리고 노 교수님에 대한 정보가 좀 더 필요합니다."

"정보라면……?"

"다른 건 차차 묻기로 하고. 어떤 분입니까? 이를 테면 심약하다거나, 혹은 예민하다든가. 그리고 종교 같은 거……."

"우리 교수님 한마디로 멋진 분이세요. 상남자에 훈남이라고나 할까?"

이현애의 눈에는 두툼한 콩깍지가 끼었다. 그 상태로 내처 내달렸다.

"성격은 섬세하세요. 미세수술하시는 분들은 그게 유리하지요. 덜렁거리는 분들은 큰 수술에나 적합하고……."

"……."

"종교는 원래 없었는데 최근에는 머리 좀 식히신다고 법당에 가서서 템플스테이를 하셨어요. 제가 예약을 해드렸어요."

"이현애 씨는 천주교잖아요?"

"저는 그런 거 안 따져요. 우리 신부님도 열린 분이라서 다른 종교를 비방하지 않고요."

"그렇군요."

"아무튼 자상하고 실력 좋고 열정적이시고……. 솔직히 흠잡을 데 없어요."

"예……."

"더 궁금한 거 있으세요?"

"아닙니다. 그럼 내일 뵙겠습니다."

"네, 오늘 정말 수고 많으셨어요."

이현애는 벌떡 일어나 인사를 했다.

귀가 좀 아팠다. 노윤종 교수 이야기만 나오면 갑자기 생기가 도는 이현애. 공식 대변인으로 정해도 될 것만 같았다.

병원주차장으로 돌아온 승우는 차와 씨름을 하는 류 보살과 다시 만났다.

"문제가 있으세요?"

승우가 물었다.

"어머, 검사님… 차를 빼는데 갑자기 뻑뻑해서요."

"사이드 안 푸셨네요."

차 안을 넘겨본 승우가 말했다.

"어머어머, 내 정신! 내가 속세에만 나오면 정신이 없어서……. 고맙습니다."

류 보살이 인사를 건네 왔다. 그녀의 차 유리 위로 작은 스티커가 보였다.

〈여주 신곡사〉

류애자는 승우 옆을 천천히 지나갔다.

'세상에는…….'

내가 모르는 일이 많군.

가만히 풍겨오는 그녀의 신통력을 감상하며 승우는 전화를 꺼냈다. 통화한 사람은 관할서 형사과 팀장이었다. 다리는 석반장이 놓아주었다. 얼마 전에도 이 병원 제왕절개 사고를 수사한 사람. 그의 견해를 들었다.

―신은균 박사라면…….

그의 말이 천천히 흘러나왔다.

―자기 일에 대해 자부심이 유독 강하긴 하지만 치졸하게 해코지나 할 사람은 아닙니다. 그 사람은 돌직구 스타일이거든요. 기면 기고 아니면 아니지요.

승우는 신은균을 리스트에서 내려놓았다. 만약 그가 닥터 하를 사주했다고 해도 마찬가지였다. 의료사고를 낸 닥터 하를 더 이상 조종할 수 없을 테니까.

*   *   *

간만에 한잔!

피할 수 없는 자리가 생겼다. 고등학교 동창생들이었다. 신문에 검찰청 인사이동이 난 모양이었다. 기왕에 나온 몸, 퇴근 시간이 가까웠기에 사무실 상황을 체크하고 악동들에게 합류를 했다.

"미래의 검찰총장 송승우를 위하여!"

바람은 오달구가 잡았다. 고3 때 오락부장을 맡았던 이 친구는 엉뚱하게도 은행원이 되었다. 하지만 그래서 행복하단다. 은행에는 여직원이 많아서…….

"자자, 한잔하자고!"

한국인의 인사법이다.

일단 한 잔!

간만에 한 잔!

좋아서 한 잔!

스트레스 받아서 한 잔!

한잔이 없으면 일이 안 되는 나라일지도 모른다. 그러다 보니 음식도 술안주를 중심으로 발달하고 있다.

안주로 죽이는 곳!

맛집의 핵심어로 손색이 없었다.

"야, 우리 부장검사님 승진 축하 자리인데 이걸로 되겠냐?"

1차가 끝나갈 때 누군가 바람의 레벨을 높였다.

"당연하지, 오늘 누구 하나 갈 때까지 달리는 거야!"

바로 추임새가 들어왔다.

그들은 결국 2차를 가기로 했고, 룸싸롱으로 향했다.

"오늘 여자는 송 부장이 초이스하는 대로 간다!"

또 누군가가 바람을 잡았다. 여자들이 들어왔다. 한숨이 나왔다.

'7급 오염수…….'

매우 나쁨이었다. 그냥 술 한잔 마신 참에 짧은 치마 입었으니 여자일 뿐. 놀던 가락이 있는 승우, 전부 뺀찌를 놓고 사장을 불렀다. 사장이 눈살을 찌푸리며 들어왔다. 그에겐 지나가는 뜨내기손님들. 더구나 떼거지로 왔으니 매상 또한 그저 그럴 판이었다.

하지만 승우의 귀엣말을 들은 사장은 정신이 번쩍 들었다.

나 부장검사야!

그런 뻥을 친 건 아니었다. 대신, 유흥계에서 손꼽히는 빠라끌리또의 이름을 넌지시 찍어주었다. 그건 그 바닥의 고수들이 아니면 알 수 없는 일. 바짝 긴장한 사장은 결국 특급 나가요 걸들을 투입하게 되었다.

그런데 멤버들이 너무 달렸다. 몇은 화장실에 가서 반납하기 바빴고, 또 몇은 미녀의 무릎을 베개 삼아 잠이 들었다.

그때 승우의 전화가 울렸다. 사무실은 아니었다.

'모르는 번호인데?'

복도로 나와 전화를 받았다.

—저 기억 못 하시죠?

단도직입적인 질문이 흘러나왔다. 묘령의 여자였다.

"누구시죠?"

—아까 낮에 봤잖아요? 유정하예요.

유정하!

송광문의 사무실에서 본 여자였다.

"아, 예……."

―시간 비었는데… 차 한잔 사주실래요?

"친구들이랑 모임 중이라……."

―저도 친구들이랑 모임 중인데 분위기가 좀 꽝이에요. 여긴 강남인데……. 어디세요?

"저도 강남……."

얼떨결에 그냥 말이 튀어나왔다.

―작업하려는 거 아니니까 걱정 마시고요, 어때요?

"그러죠. 어디서 볼까요?"

승우는 느닷없는 번개에 동의하고 말았다.

다행히 술자리도 파장이었다. 주당을 자처하는 몇이 밤을 새우자고 꼬드겼지만 그건 잘라 버렸다. 유정하와의 약속이 아니었어도 마찬가지였을 일이었다.

커피 한 잔!

친구들을 보낸 승우는 그 생각이었다. 어떻게 보면 오늘 낮, 그녀에게 실례를 했다. 누군지도 모르면서 단지 송광문을 대하듯 멸시했던 것이다.

너나 잘하세요.

그 와중에도 조금은 도도하게 나왔던 그녀. 다시 곱씹어보니 그 말은 마음에 들었다.

그녀는 예뻤다. 낮에 본 것보다 나았다.

'술의 마력이란……'

승우는 피식 웃어넘겼다. 몇 시간 사이에 전신성형을 한 것도 아닐 일. 그렇다면 알코올밖에 탓할 게 없었다.

"뭐 마실래요?"

카페 테이블에 자리를 잡은 승우가 물었다.

"저는 샷 추가해서 아메리카노 한 잔 마실게요."

"밤이 깊은데?"

"커량은 좀 세요."

"커량?"

"커피니까 커량. 술은 주량이라고 하잖아요?"

낡은 유머지만 나쁘지 않았다. 승우는 그 반대로 연한 커피를 주문했다.

"전화해서 귀찮았죠?"

커피가 나오기도 전에 광속구가 날아왔다.

"아뇨. 내가 영광이죠."

승우는 얼른 수습을 했다.

"솔직히 아까는 저도 싫었어요. 송 사장님 스따이얼이 그렇다는 말은 들었는데……. 그런 걸 누리는 사람들은 또 어떤지 궁금했었죠."

내 자의가 아니었어요.

그녀의 말 속에 담긴 참뜻이었다. 거기에 더해, 스따이얼.

혀가 제대로 돌아갔다. 영어 좀 하는 발음이었다.

"그래서 따로 만나 쪽 주려고요?"

"아뇨. 괜히 각 세우고 나오니 좀 그렇더라고요. 어쩌면 검사님도 저랑 같은 상황이었을 수도 있는데……."

"마음이 넓으시군요."

"그런데 신분이 검사 맞아요?"

그녀, 두 번째 광속구를 뿜어댔다.

"솔직히 날라리죠. 믿으셔도 되고 안 믿으셔도 됩니다."

"뭐 큰 관심은 없어요. 그런데 따분한 친구들 만나다가 심심풀이 검색을 해봤더니 무속전문검사라는 닉네임이 있길래……."

"하핫, 그건 그냥 말 붙이기 좋아하는 기자들이……."

"저 어때요? 신기가 좀 있지 않나요?"

광속구가 한 번 더 날아들었다.

"네?"

"이걸 해도 재미없고 저걸 해도 재미없고……. 혹시 용한 점쟁이 아시면 추천 좀 해주세요."

유정하가 다리를 꼬며 웃었다.

"그것 때문에 전화했나요?"

"다른 건 몰라도 검사가 사기 칠 리는 없잖아요?"

쾅펑펑!

연속되는 광속구의 미트질 소리. 그 소리가 승우 호기심의 깃을 자꾸 잡아당겼다.

"그 답은 아까 드렸을 텐데?"

"송 사장님하고 연결되지 말라고요?"

"예……."

"왜죠?"

커피잔을 들고 살며시 웃는 유정하. 소위 기럭지가 길어 보이는 포즈에서 매력이 묻어나왔다. 낮은 목소리 속에 배어 있는 도전적인 말투. 그러면서도 상대의 기분을 상하게 하지 않는 매너.

양파. 승우는 생각했다. 대충 보고 넘어갔던 유정하. 그녀의 꺼풀은 한두 겹이 아니었다.

"검사 체면이니… 괜찮은 무속인은 소개해 드리죠."

승우는 그녀의 전화번호로 규리의 문자를 넣었다.

"고마워요. 그런데 아직 제 질문에 답을 안 하셨어요?"

"……?"

"곤란하면 안 하셔도……."

승우, 난관에 봉착했다.

송광문은 이익을 쫓는 해바라기. 수단 방법 따위는 가리지 않는다. 원래 승우가 의미한 건 인간말종이라는 뜻. 그런데, 그 말을 던지는 순간 승우도 같은 배에 타는 신세가 되어야 했다. 송광문을 씹을 수도, 칭찬할 수도 없는 외통수에 걸린 것이다.

왜라고 해야 할까?

송광문과 멀리하라는 이유…….

하는 수 없이,

"복잡 망측한 철학을 가진 인간이라서 말이죠."

조금 난해한 의미로 수습을 했다.

"그렇다면 멀리할게요."

그녀, 이번에는 쿨하게 받아들였다.

"예?"

"복잡한 건 질색이거든요."

그녀의 커피는 그새 바닥을 드러냈다.

"차값은 제가 낼게요. 소개비예요."

"그러… 시죠."

대화는 끝났다.

그녀가 눈빛으로 일어나자고 말했다. 승우는 엉거주춤 일어섰다. 일방적인 여자의 리드. 그러면서도 기분은 나쁘지 않은……. 이런 건 태어나서 처음이었다.

"갈게요."

유정하는 고개를 숙이고는 걸음을 멈췄다. 왜 그런지 아는 데는 1분도 걸리지 않았다. 발레파킹을 한 모양이었다. 그녀의 차가 와서 멈췄다. 승우는 헛웃음이 나왔다. 여자의 차는…
노랑 포르쉐 2세대 스포츠카였다. 그녀는 그렇게 홀연히 사라
졌다.

노란색에 겹친 그녀의 기억은 승우의 뇌 주름에 자리를 잡
았다.

확실히, 세상은 넓고 여자의 수준은 천차만별이었다.

다음 날, 승우는 봉황대학병원으로 향했다. 가는 길에 규리
에게 전화가 왔다.

―아저씨!

"응?"

―어떤 여자가 애인이라고 전화했는데 맞아요?

규리가 다그쳐 물었다.

"애인?"

가만 생각하니 유정하일 것 같았다.

"애인은 아닌데……."

―저도 그랬더니 막 우겨요. 점 봐달라는 것도 자기 마음대
로고…….

"그래서 애기선녀님이 화났구나?"

―화는 아니지만 궁금해서요.

"한 번 만나기는 한 사이야."

―그래서요?

규리도 각을 세웠다. 여자들이란…….

"안 바쁘면 좀 봐줘."

―알았어요. 민민은요?

"지금 여기 귀 쫑긋 세우고 있다."

승우는 팔목 옆에서 팔랑거리는 민민을 보았다.

―밍글라바라고 전해주세요.

"아, 잠깐만!"

―왜요? 나 바쁜단 말이에요.

"미안, 혹시 여주 신곡사에 류 보살이라고 들어봤어?"

―네!

응?

대답이 너무 간단하게 나왔다.

"그 사람 접신 능력 괜찮던데 아는 사이야?"

―류 보살님보다는 장 처사님이 짱이에요.

"장 처사는 또 누구야?"

―류 보살님 신아버지…….

"아하!"

―류 보살님 만났어요?

"어? 그냥……."

―알았어요. 끊어요.

규리는 뭐가 그리 바쁜지 인사도 하기 전에 종료가 되고 말았다.

"민민, 규리가 밍글라바라는데?"

"헤엣, 밍글라바!"

괜히 입이 쭈욱 찢어지는 민민. 그 사이에 병원 건물이 코앞으로 다가왔다.

같은 시간, 이현애는 수술장에 있었다. 4번 수술장. 그러나 병원에서는 4를 싫어하기 때문에 공식 이름은 5번 수술장이었다. 복강경 수술은 주로 여기서 이루어진다. 마침 수술이 예정보다 30분쯤 일찍 끝났다. 따라서 승우에게 잠깐 보여주는 건 큰 무리가 없었다.

이현애는 로봇 테이블 위에 놓인 노 교수의 안경을 챙겼다. 수술 때만 쓰는 안경이었다. 제 아무리 우수한 명의도 노안에서 자유로울 수는 없기 때문이었다.

'다리가 헐거워졌네?'

안경다리가 살짝 풀어진 모양이었다. 이현애는 그걸 수술장 행정간호사에게 잠깐 맡겼다. 그런 다음 복도에서 승우를 맞이했다.

"일단 수술복을 입으셔야 해요."

무균실을 지난 승우에게 이현애가 수술복을 내밀었다. 감염 방지와 수술 환자를 위한 일이라니 마다할 수 없었다.

승우는 수술복을 입고 거울을 바라보았다. 수술복은 난생
처음이었다. 법복하고는 느낌이 한참 달랐다. 그래도 숭고해지
는 건 비슷했다.

"여기예요!"

이현애, 수술방을 열었다.

'후우!'

승우가 숨을 고르는 사이에 민민이 먼저 날아갔다. 수술방
분위기는 마음에 들지 않았다. 그냥 싫었다. 사실은 사람을
살리는 곳. 그럼에도 불구하고 삭막함의 극치를 달린다. 로비
나 기타 서비스가 발전하는 것과는 달리 수술실은, 그저 장비
가 좋아지는 것 외에는 변한 게 없었다.

어쩌면 병원들, 가장 중요한 부분을 잊고 있는 것 아닐까?

더구나 영기란… 벽과 천장까지 끊어질 듯 이어지는 그 영
기들이란…….

'여기 비하면 밖은…….'

진짜 천국이군.

그 말과 함께 승우, 후끈 신통력을 모으기 시작했다.

놀러 온 건 아니었다.

5장

당신도 모르는 사이에

수술대와 그 밖의 도구들… 그 옆에 장착된 여러 모니터들. 그리고 수술기구와 도구를 놓을 수 있는 각종 테이블들. 승우는 먼저 방 전체를 향해 탐색했다.

아우성……!

속절없는 아우성들이 거기 있었다. 너절한 장기를 움켜쥔 영기와 쏟아진 장기를 쥔 영기, 심장이 없는 영기. 심지어는 자기 장기를 목에 감은 영기들까지. 가깝게는 최근의 영기도 있고 먼 과거의 영기도 있었다.

그나마 해코지의 영기들은 아니었다. 악령이 아니라 흔적에 불과한 것. 삶과 주검의 갈림길에서 길을 잃은 영기들은 웬만한 도력이나 신통력 가지고는 감지도 못할 일이었다.

"복강경에 주로 쓰이는 기구를 말해주세요."

전반적 탐색을 마친 승우가 물었다.

"수술대는 여기예요. 환자 머리가 저쪽으로 가고요……."

이현애가 설명을 시작했다.

"주로 이 모니터에 영상이 들어오죠. 교수님은 여기 이렇게 서서……."

이현애는 수술대 앞에 자리를 잡았다.

"기왕이면 좀 더 디테일하게 보여줄 수 없나요?"

승우가 요청했다.

"그게 좋겠죠?"

이현애는 눈치가 빨랐다. 이내 승우의 의도를 알아차리고는 복강경 수술에 쓰는 기구들을 가지고 왔다.

"복강에 삽입하는 건데… 멸균기에 넣기 직전의 것이에요."

그녀가 기구를 싼 누런 헝겊을 열었다. 그러자 기구가 알몸을 드러냈다.

교수가 사용하는 기구들은 다리가 긴 롱다리 가위를 닮았다. 동그란 손잡이를 가위처럼 끼고 수술을 하는 것이다. 그 끝에 무엇이 달렸느냐가 용도를 결정했다.

집게, 메스.

근종이나 혈관을 잡는 집게와 자르거나 끊는 메스가 주종이었다.

"마취를 끝낸 환자가 와요. 그럼 일단 수술대로 옮기죠."

수술용 장갑에 마스크까지 낀 그녀는 시연에 열중했다.

"스태프들은 상황에 따라 다른데 대략 6명에서 8명 정도 참가해요. 어떨 때는 수련의나 간호사들이 뒷줄에 서서 참관하기도 하고요."

"참관요?"

"배워야죠. 요즘은 외국 의사들도 종종 참관을 하곤 해요. 교수님은 국제적으로도 이 분야 최고의 명의거든요."

"네……."

"물론 여기 오기 전에 스태프들은 환자의 상태에 대해 의논하고 수술의 방향을 정하고 왔지요. 그렇지만 모든 판단은 수술장에서 최종 결정에 이르게 되요. 각종 검사가 발달했지만 CT, MRI 그 밖의 검사로도 알 수 없는… 직접 봐야만 하는 경우가 많거든요."

"그건 좀 실망이군요. 저는 MRI 같은 게 절대적인 줄 알았는데……."

"매스 파악까지는 유용해요. 그런데 그 매스가 뭔지는 알수 없어요. 벽에 유착된 염증덩어리인 줄 알았는데 콜레스테롤 부유물일 때도 있고……."

"그래서 현장에서 수술 방향이 바뀌기도 한다?"

"그렇죠. 원래 자궁근종의 경우에는 근종제거가 원칙이에요. 하지만 교수님 수술은 향후 2년 이상 밀려 있는 데다 수술 날마다 스케줄이 빡빡하거든요. 보호자를 불러 일일이 상황에 대한 설명을 하려면 뒤쪽 환자는 그날 수술을 못 받을 수도 있어요."

효율성을 고려한 판단.

수술장에서도 그놈의 경제법칙은 상종가를 구가하는 모양이었다.

"기왕이면……."

수술기구를 집던 이현애, 뭔가 생각났는지 벽 끝에 달린 문을 밀었다. 그러자 마네킹이 나왔다.

"이렇게 하면 좀 더 낫겠죠?"

그녀가 마네킹을 수술대에 눕혔다.

"이론적으로 복강경 수술은 간단해요. 환자가 마취되면 배꼽 부위에 바늘을 찔러서 기복 상태를 만들죠. 복강 내에 이산화탄소를 넣어서 복강을 부풀게 하는 거예요."

공간 확보!

"그런 다음에 복부 적절한 위치에 약 1㎝ 정도의 작은 구멍을 몇 개 내고 투관침을 뚫죠. 투관침을 통해 카메라를 넣으면 복강 내 모습이 저기 모니터에 나와요."

이현애의 손이 커다란 모니터를 가리켰다.

"그리고 나서 교수님이 여기에 서서 집도를 시작하시죠. 일반적인 복강경 수술은 수술기구를 움직일 때 의도하는 방향과 반대로 움직여야 하지만 로봇수술은 좌우 손 바뀜이 없고 수술동작이 자유로워 안정성이 더 높아요."

그녀의 손에는 작은 조종간 같은 게 들려 있다. 수술기구를 조종하는 것인 모양이었다. 작동을 시키자 끝에 달린 수술기구들이 미세하게 움직이기 시작했다.

"주의점은 뭐가 있나요?"

"검사로 미처 발견 못 한 암조직이 나왔을 때죠. 이걸 터뜨리게 되면 암이 촉진될 수 있어요. 복강경 수술의 주의점 중의 하나죠."

"현장에서 절개를 결정할 때는 어떤 경우죠?"

"근종이 생각보다 클 때와 자궁벽에 완전하게 유착이 되었을 때, 혹은 근종이 암으로 의심될 때 등이에요. 이럴 경우에는 자칫 자궁천공이 생길 수도 있고 암이 다른 장기로 전이될 수 있으니까요."

"제가 한 번 잡아봐도 될까요?"

"그러세요."

그녀가 조종기를 건네주었다. 승우는 모니터를 보며 단추를 눌렀다.

위잉!

하필 메스가 달렸다. 메스는 한없이 작았지만 작아서 오히려 섬뜩했다.

여기서 잘랐다.

원래는 근종만 자를 예정. 그런데 돌연 싹둑!

순식간이다.

"노 교수가 여기면 이현애 씨는 어디 서죠?"

"저는 여기예요. 노 교수님 옆에서 수술 진행에 따라 필요한 지시를 수행해요."

"콤비네이션이 생명이겠군요?"

"네……."

"그럼 다른 사람들은요?"

"닥터 최는 저기, 그 옆에 닥터 어, 그리고 그 옆이 닥터 하예요."

이현애가 자리를 짚었다. 간호사들의 포지션도 함께 알려주었다. 상상만으로 수술장 풍경을 그리는 건 한계가 있지만 로봇 조종은 노윤종의 권한. 기기의 오작동이 아니라면 스태프들이 사고를 의도하기는 힘들어 보였다.

"혹시 사고 때도 이게 쓰였나요?"

"네, 로봇은요……."

"됐습니다. 이제 마네킹은 치워주세요."

마지막 확인을 위해 이현애의 주의력을 돌렸다. 승우는 로봇을 시작으로 하나하나 개별 탐색에 들어갔다.

"······."

하나, 둘······.

체크가 끝날 때마다 맥이 풀려 나갔다. 개별 검사에서도 악령의 감지는 없었다. 우려하던 살귀의 흔적은 보이지 않았다.

"뭐 좀… 잡히나요?"

로봇을 넘겨주자 이현애가 물었다.

"아직은요."

"그래요?"

그녀, 실망하는 눈빛이 역력했다.

"어서 오세요!"

노윤종 교수는 진료실에서 만났다. 단정한 넥타이에 셔츠 차림이었다. 여느 의사들처럼 꽉 막힌 사람처럼은 보이지 않았다. 하지만 쓸쓸한 기색은 엿보였다.

'스트레스 때문이겠지.'

승우는 대수롭지 않게 넘겼다.

"이거 우리 이 간이 괜한 수고를 끼치나 봅니다."

노윤종, 이현애에게 정황을 들은 모양이었다.

"아닙니다. 의학에 대한 관심 차원에서 왔으니 부담 갖지 마시기 바랍니다."

"그냥 요즘 슬럼프라서 그럴 겁니다. 제가 한 십여 년 오직 직진만 해왔거든요."

"네에……."

추임새를 넣으며 영력 파워를 높였다. 그에게서도 유의할 만한 흔적은 보이지 않았다. 다만, 눈자위가 마음을 끌었다. 그 부분에서 뭔가가 읽혔다.

그렇다고 해도 그 또한 미약한 편. 승우는 이현애가 가져온 커피를 마시기 시작했다. 이제 편안하게 이야기나 나누고 갈 참이었다.

"혹시 징크스 같은 건 아닐까요?"

커피를 두어 모금 마신 승우가 물었다.

그가 징크스라는 단어에 반응을 해왔다.

"옛날에는 있었지만 잊은 지 오래입니다."

"그러시군요?"

"옛날에는… 고양이만 보면 일진이 좋지 않았죠. 제가 쥐띠라서 그런지 괜히 고양이는 싫더군요."

노윤종이 웃었다.

"고양이 에피소드라도 있나요?"

"워낙 어릴 때 일이라서……."

노윤종은 뒷말을 흐렸다. 딱히 더 듣고 싶은 말도 아니라 승우도 캐묻지 않았다.

"수술장은 보셨겠죠?"

"에, 방금 전에……."

"가만 돌아보니 이게 다 제 부족함 때문에 일어난 일이더군요. 그동안 명의라고 치켜세워 주니 너무 교만했던 건지… 이번 일을 계기로 마음을 다잡는 기회로 잡을 생각입니다."

"예……."

"더 궁금하신 게 있습니까?"

그만 끝내자는 그의 의도가 엿보였다.

승우도 그럴까 싶을 때, 벽에 주르륵 걸린 명화가 눈에 들어왔다.

제임스 티소의 '여름'이었다.

하필이면 저 그림…….

그림이 승우의 아픈 추억을 불어왔다.

검사시험에 합격하고 첫 선을 본 자리였다. 괜히 우쭐한 마음에 여자 선배가 추천한 미술전공자를 만났다.

"저 그림 멋지죠?"

유럽풍 까페에서 그녀가 그림을 가리켰다.

"노란 우산이 인상적이네요. 러시아 귀부인인가요?"

승우가 대답했다.

"사랑하는 연인에게 자신의 모든 재능을 바친 화가 제임스 티소의 작품이에요. 풍성한 주름과 다채로운 섬유의 질감이 오늘날 패션화보를 보는 것 같죠?"

연인에게 재능을 바친 화가…….

여자들의 로망일 수 있었다. 하지만 남자에게는 그리 달가운 말이 아니었다. 뒷말 때문에 더더욱 그랬다.

"티소는 그녀를 결핵으로 잃었어요. 그 충격을 벗어나지 못하고 여생을 보냈죠."

여자에게는 더 없는 순애보, 그러나 남자에게는…….

이 교수는 저 그림의 의미를 알고 건 걸까?

생각을 내려놓고 시선을 옮겼다. 이번에는 수도 없는 작은 액자들이 있었다.

박사학위, 해외연수, 위촉장, 공로패 거기에 감사장까지!

삼면의 벽을 다 돌고도 남아 장식장을 가득 메운 그의 이력들……. 대통령 표창과 특허증을 필두로 국무총리, 복지부장관 표창도 부지기수였다. 시선을 끝으로 옮기자 연구개발 감사패 등이 보였다. 굵직한 것들에 밀려 한쪽에 걸린 노윤종 교수의 업적…….

장식장에서도 그런 종류의 패는 끝에 겹쳐져 있었다.

―신약개발 공로에 감사하며 이 패를 드립니다.

―혁혁한 연구 성과를 축하합니다.

연구!

환자 치료뿐만 아니라 연구에도 열정적인 모양이었다.

"그림이 인상적이네요."

시선을 거둔 승우가 말했다. 궁금하기도 했다. 법과 법리적 학문만 머리에 잔뜩 때려 넣은 법조인에 비해 의료인들은, 폭넓은 상식을 겸비하고 있는 걸까? 대답은 그렇지 않았다.

"그냥 걸었습니다. 그냥 끌리는 데가 있어서……."

교수 역시 그림에는 문외한이었다. 그냥 끌렸단다. 하긴 그 정도로 충분하다. 그림의 뜻을 알아야만 걸 수 있는 것은 아니니까.

"폐가 많았습니다."

다시 환자 예약시간이 되었는지 교수가 완곡하게 작별을 고해왔다. 승우는 복도로 나왔다.

"검사님!"

이현애가 따라 나왔다.

"좀 더 검토를 해보겠습니다."

말은 그렇게 했지만 속으로는 '종결'을 외치고 있었다. 의료현장에서 일어나는 작은 과실까지 법의 잣대를 들이댈 수는 없었다.

이현애는 승우를 따라나왔다.

"바쁘실 텐데……."

"오후 수술준비로 바쁘긴 한데 저도 상가 쪽 안경점에 볼

일이 있어서요."

"안경점요?"

"교수님 안경 때문에요."

"그렇군요. 그럼……."

승우는 로비에서 그녀와 헤어졌다.

사무실로 복귀하니 산더미 같은 사건들이 승우를 반기고 있었다. 축전과 꽃다발도 아직 진행 중이었다.

"나수미 씨, 이것 다른 방 꽃병에 꽂으라고 나눠줘."

승우는 꽃다발을 나수미에게 일임했다.

사건 검토를 시작했다.

유 계장이 일차 거르는 통에 심각한 사건들만 모였다. 한쪽은 강력사건, 또 한쪽은 지능범이거나 의혹이 의심되는 사건들…….

시간이 흘렀다. 그러다 한 보고서가 시선을 쪽 잡아당겼다.

〈80년대를 풍미하던 신들린 무당, 쪽방에서 고독사(死)로 발견!〉

80년대를 풍미?

사건개요를 넘겼다.

속파만신!

피살자의 본명 옆에 적힌 무속명이 눈에 들어왔다. 속파……. 어쩐지 귀에 익었다. 하지만 잘 생각나지 않았다. 그때 조기호가 들어섰다.

"송 부부장검사님!"

손을 번쩍 든 조기호가 너스레를 떨었다. 나쁘게 보면 꼴갑이었다. 보아하니 승우 축하하는 핑계고 제 승진 티를 낸 행차한 모양이었다.

"웬 일이야?"

승우는 모른 척 대했다.

"아, 왜 이러십니까? 대검 티오로 승진했다고 싸랑하는 후배를 무시하시는 겁니까?"

건들건들, 조기호. 자칫하면 목 디스크라도 생길 태세였다.

"바쁘니까 용건만 얘기해."

"승진도 했는데 한잔 빠져야죠? 준비는 제가 산해진미로 쫙 깔아두겠습니다. 미녀도 물론 두어 명. 콜?"

조기호가 귀엣말을 속닥거렸다.

"왜 이래? 누가 보면 우리 사귀는 줄 알잖아?"

승우가 슬쩍 조기호를 밀어냈다.

"콜이죠?"

"NO 콜!"

승우, 단칼에 잘라 버렸다.

"선배님!"

그사이에 승우의 전화가 울렸다. 조기호 때문에 엉거주춤 못 받게 되자 전화가 끊겼다. 하지만 또 알람이 울렸다.

"가봐. 나중에 우리끼리 단출하게 술이나 한잔하자고."

승우는 손을 저으며 전화를 받았다.

─검사님, 송 검사님?

수화기 속에서 이현애의 목소리가 숨 가쁘게 쏟아져 나왔다.

─어떡해요? 글쎄… 우리 교수님이 또…….

싹둑!

승우의 귀에 섬뜩한 복강경 가위질 소리가 들려왔다.

싹둑!

또 누군가의 생명보를 자른 것이다.

네 번째!

이번에도 상황은 비슷했다. 검사상으로 확인한 자궁의 근종들……. 일부 유착이 있었지만 그걸 밀어내고 근종을 떼어내는 게 수술의 목표였다.

하지만 그 목표는 공수표에 불과했다. 근종에 나선의 고리를 거는 대신, 노윤종의 손은 자궁의 끝으로 다가갔다.

"……!"

어찌할 사이도 없었다. 노윤종은 자궁 끝을 집은 뒤에 바로 절개를 해버렸다.

싹둑!

"마무리해."

자궁이 복강을 통해 빠져나오자 노 교수는 한마디를 남기고 수술장을 나갔다. 눈이 아픈지 눈을 감싼 채······.

부작용은 그것만이 아니었다.

세 번의 실수!

내부조사에서 수술상 있을 수도 있는 일로 면죄부를 받은 노윤종.

그러나 그 직후에 이어진 네 번째 실수는 많이 달랐다.

우선 노윤종의 반응이었다.

진료실로 돌아온 그는 예약된 환자를 보지 않았다. 의자에 머리를 기대고 정신줄을 놓고 있었다.

보다 못한 이현애가 생수를 따라주었다. 이현애는 들었다. 절반은 넋이 나간 그가 중얼거리는 소리를······.

"고양이······."

고양이.

그의 입에서 단어는 고양이였다.

"교수님······."

"고양이······."

교수는 한 번 더 말하고 입을 닫았다.

승우가 도착한 건 그 직후였다.

"이쪽으로요."

복도로 나온 이현애가 승우를 잡아끌었다.

"와주서서 고마워요."

"사람이 상했나요?"

한적한 계단참에서 승우가 물었다.

"그건 아니에요. 이번에도 그저 자궁만······."

"전과 동?"

"네, 적출하지 않아도 될 케이스 같은데······."

"개복하고 상황이 변한 건 아니고요?"

"조금은 그렇지만 전격 적출할 정도는 아니었어요."

"스태프들은요?"

"닥터 하만 빼면 3번째 수술과 같은 팀이었어요."

"의심 가는 사람이 있나요?"

"조인숙이요! 수술기구 세팅을 정석대로 안 해놨더라고요."

"예를 들면요?"

"복강경 기구들 말이에요, 수술 순서에 따라 기능적으로 맞춰놔야 하는데 마구 뒤섞여 있어서 제가 바로 잡았어요."

"그건 뭘 뜻하는 겁니까?"

"예를 들면 집게가 달린 가위를 잡으려는데 커터가 달린 가위가 잡히는 거죠. 무의식적으로 하다보면 묶거나 집으려던

게 커팅이 될 수 있어요."

"실제로 그렇게 된 건가요?"

"제가 발견하지 못했더라면 그럴 수도……."

"의도적이다?"

"그건 몰라요. 조 샘이 워낙 덤벙대는 기질도 있어서……."

"수술장에 혹시 CCTV 같은 건 없나요?"

"있어요!"

이현애는 높은 대답과 함께 자기 핸드폰을 꺼내 보였다.

"복강경 수술 과정은 화면대로 저장이 되어요. 학문적 연구
를 위해서도 필요하니까요. 하지만 전체적 움직임을 보는 카
메라는 없어요. 특별한 경우를 제외하면 말이죠."

"그런데요?"

"그래서 제가 핸드폰을 장치해 두었어요. 아무래도 뭔가 증
거를 발견하면 도움이 될 것 같아서요."

"찍혔나요?"

"그럼요. 그래서 검사님을 부른 거예요."

"……?"

"보세요. 제가 재미난 걸 보여드릴게요."

이현애가 동영상을 열었다.

화면이 나왔다. 마취의사와 간호사가 사전준비를 한 후에,
스태프들이 들어서고 마지막으로 노 교수가 입장했다. 이현애

가 그의 손에 멸균 장갑을 끼우고 안경을 바꿔주면서 수술이 시작되었다.

안경!

특이하게도 흰 테였다.

"안경도 수술 전용이 따로 있나요?"

승우가 물었다.

"교수님은 수술 때는 흰 테를 쓰세요. 밝은 마음으로 임하고 싶다나요."

징크스일까? 아니면 기분전환일까? 승우는 계속 화면을 집중했다.

"여기 보세요. 이 장면 뒤에… 여기… 조 간, 조인숙이 움직이는 거 보이죠?"

이현애의 손이 화면을 짚었다. 정말 노 교수 뒤쪽으로 조인숙이 움직였다.

"다음에는 여기… 슬쩍 교수님과 접촉이 있어요. 교수님이 움직이잖아요?"

그 말도 맞았다. 기기를 조절하려고 허리를 숙이던 조인숙, 그 엉덩이가 노 교수의 허리에 닿고 말았다.

"수술 중에 이러면 절대 안 되거든요. 게다가 교수님이 이 직후에……."

싹둑!

그의 로봇이 만행(?)을 저지르는 장면이 이어졌다.

"어때요? 이래도 조인숙이 수상하지 않은 건가요?"

화면이 끝나자 이현애가 핏대를 올렸다.

"잠깐만요."

승우는 화면을 되감았다.

"더 볼 필요도 없어요. 조인숙이 수상하다고요. 분명 교수님에게 뭔가 마수를 건 거라고요. 정신을 흐트러뜨려서 실수를 유도하는 최면 같은……."

이현애의 목소리가 고조되었다.

승우가 세운 장면은 노 교수였다. 수술이 끝나고 막 안경을 벗은 얼굴…….

"조인숙 장면은 한참 더 감아야 해요."

이현애가 핸드폰을 건드렸다.

"잠깐, 내가 따로 좀 볼 게 있어서 그래요."

승우는 이현애 손을 막았다.

화면을 정지하고 확대했다. 승우가 원하는 건 노윤종의 눈이었다.

"……?"

화면을 본 승우가 움찔 흔들렸다.

"어머!"

이현애도 마찬가지였다. 승우가 세운 화면. 갓 안경을 벗은 노윤종의 눈. 그 눈은 초록이었다. 게다가 동공은… 일자에 가까운 동공. 그러니까…….

고양이 눈이 노 교수의 얼굴에 있었다.

"어머어머!"

당황하는 이현애를 두고 화면을 또 돌렸다. 이번에는 앞쪽 이었다. 진료실에서 쓰고 온 안경을 벗고 흰 안경을 받아 든 노윤종의 얼굴. 그걸 확대했다.

"……?"

아무런 이상이 없었다. 그건 그냥 사람의 눈이었다. 눈동자 또한 평범한 흰색……. 그러나 문제의 장면으로 돌아가면 초록에 일자 동공. 뒷 장면은 다시 처음의 눈이다. 안경을 벗은 직후에만 눈이 변한 것이다.

"말도 안 돼. 이거 뭔가 영상이 잘못된 거예요."

이현애는 고개를 저었다.

"수술실… 여기 다시 한 번 가볼 수 있어요?"

"지금요?"

"네, 당장!"

"잠깐만요."

이현애는 그대로 계단을 뛰어 올라갔다. 그사이에 승우는 화면을 다시 보았다.

처음 안경 벗은 눈, 나중 안경 벗은 눈.

순간적인 변화지만 분명 변화를 했다.

사람의 눈, 안경을 벗으면 변할까? 도수가 높은 거라면? 약간은 가능하다. 눈은 빛의 밝기에 따라 변하기 때문이다. 하지만, 그렇다고 해서 일자에 가까운 동공은 거의 불가능했다.

"지금 진행 중인 복강경이 곧 끝난대요. 잠깐은 볼 수 있을 거 같아요."

잠시 후에 내려온 이현애가 말했다.

둘은 수술장으로 달려갔다. 이현애는 수술장 수간호사에게 양해를 구하고 승우에게 수술복을 입혔다. 수술이 끝난 직후에 5번 수술장으로 들어섰다.

분위기는 변한 게 없었다.

"혹시 그 안경 좀 볼 수 있나요?"

승우가 물었다.

"교수님 수술 전용 흰 테 안경요?"

"네!"

"기다리세요."

이현애는 구석 서랍을 열어 안경집을 꺼내왔다.

"……!"

안경…….

거기 영기가 있었다. 그러나 그 또한 잠잠했다. 흔적은 있지만 살광은 약한… 동시에 영기의 종류가 잡히지 않는…….

"고양이에요."

승우 생각이 그쪽으로 기울 때 민민이 도움말을 얹어주었다.

고양이… 고양이 영기가 왜 안경에?

"혹시 노 교수님이 고양이를 키우나요?"

"아뇨. 교수님은 고양이 좋아하지 않아요."

"그럼 혹시 제약회사 연구 말입니다. 거기서 고양이 실험 같은 거?"

"그건 모르겠어요."

"이 안경… 오직 이 수술장에서만 쓰나요?"

"네, 지금은……."

"지금은?"

"원래 여기서 쓰던 건 다리가 부러졌어요. 그래서 연구소에서 쓰시던 걸 가져오셨어요. 그쪽 프로젝트가 끝났다면서……."

"지금 당장 교수님 좀 뵈어야겠어요."

"퇴근하셨을 텐데……."

"벌써요?"

"오후에 학회가 있어서… 잠깐만요."

그녀는 전화로 노 교수의 위치를 확인했다.

"다행히 진료가 늦게 끝나 막 나가려는 참이시라네요. 기다려 달라고 할까요?"

"제가 가죠."

승우는 안경을 든 채 수술장을 박차고 나갔다.

"안경요?"

진료실에서 노윤종이 되물었다. 가방까지 챙겨 든 그는 막 병원을 나가려던 참이었다.

"네, 부탁드립니다."

승우가 묻자, 노윤종은 이현애를 바라보았다.

"제가 연락을 드렸어요."

설명하는 이현애의 시선이 뚝 떨어졌다.

"후우!"

이현애의 대답에 노윤종은 잠시 깊은 날숨을 쉬었다. 그리고……

"이 간!"

담담하면서도 묵직한 음성이 새어 나왔다.

"이 간이 내 옆에 너무 오래 있었나 보군."

"교수님!"

"간호부장에게 말해서 다른 방으로 옮겨줄 테니 그런 줄 알아."

노윤종은 그 말을 남기고 방을 나가 버렸다.

"검사님!"

느닷없는 유탄에 치명타를 맞은 이현애, 울상이 되어 승우를 바라보았다.

"전화기 좀 빌려갈게요."

승우는 그녀의 핸드폰을 들고 노윤종을 뒤따랐다.

"교수님!"

"할 말 없습니다. 검사가 관여할 일은 더욱 아니고요."

교수는 단호하게 시동을 걸었다. 승우는 그 앞을 막아섰다. 핸드폰, 바로 그 화면을 고정시킨 채.

"왜 이러시는 겁니까? 내가 범죄자라도 된단 말입니까?"

노교수는 차창으로 고개를 내밀고 인상을 구겼다.

"그건 내가 묻고 싶은 말입니다."

"뭐라고요?"

"키를 잡은 선장이 교수님 아닙니까? 바른 항로였는지 아니었는지는 교수님만이 알 일입니다."

"말장난할 시간 없습니다."

"그럼 이걸 좀 설명해 주시겠습니까?"

승우가 다가와 화면을 내밀었다.

"……!"

화면을 본 노 교수는 더욱 미간을 찡그렸다.

"포토샵으로 장난을 하자는 겁니까?"

"장난이 아니고 리얼 화면입니다. 모르신단 말입니까?"

"이게 나?"

"바로 당신, 검사의 명예를 걸고 약속하죠."

"……!"

"처음 안경을 벗었을 때는 보통 눈입니다. 하지만 수술 전용 안경을 벗고 난 후에는 변했죠."

"……?"

"저를 똑바로 좀 봐주시겠습니까?"

승우의 목소리가 위엄을 뿜었다. 그 위엄에 홀린 노 교수, 자신도 모르게 고개를 들었다. 승우는 보았다. 그 얼굴, 눈 주변에 서린 흐린 흔적들…….

그건 바로 고양이의 영기였다.

"고양이!"

승우의 입에서 또렷한 한마디가 쏟아졌다.

"뭐라고요?"

"이 안경에 고양이의 한이 깃들어 있습니다. 그것도 아주 응축된!"

"……!"

"아닙니까?"

푸하하핫!

승우와는 달리 노윤종은 배꼽이 빠져라 웃음보를 터뜨렸

다.

"교수님!"

"요즘 검사는 추리작가들입니까? 하지만 시대를 잘못 잡았습니다. 21세기에 무슨 퇴마입니까? 아니면 귀신입니까?"

"이현애 씨 말로는 수술 직후에 고양이라고 중얼거리기도 했답니다."

"그런 기억 없습니다."

"교수님!"

"내가 노안에 안검염까지 걸린 데다 약간의 난시까지 겹쳤어요. 그래서 더러 눈동자가 흐릿할 때가 있습니다. 그런 것도 문제가 될까요?".

"전혀 아니죠."

"그럼 비켜주세요."

"고양이의 한을 산 일이 없으시다?"

"예!"

"잘 생각해 보십시오. 아주 중요한 일입니다."

"생각하고 말 것도 없습니다."

"그럼 죄송하지만… 자궁 절개 순간에 이상한 점도 없었습니까? 간호사 말로는 눈 주위가 변하는 것 같다고 하던데?"

"이 간 성당의 신부가 영적인 곳에 관심이 많다고 하더니 현실과 영의 세계를 착각하도록 인도한 것 같군요."

"그녀는 독실한 카톨릭 신자라고 들었습니다."

"영적 세계에 집착한다면 '독실한'까지는 아니라고 봅니다."

부릉!

노윤종이 페달을 밟았다 뗐다. 가겠다는 의지의 표현이었다.

"교수님!"

"비키세요. 만약 내가 죄가 있다면 당장 수갑을 채우시오!"

세게 나왔다.

동시에 그로서는 최상의 대처이기도 했다. 이쯤 되면 승우도 승부수를 날리는 수밖에 없었다.

"그럼 이렇게 하죠."

"뭐 말입니까?"

"내일 아침, 첫 수술에 제 입회를 허용해 주십시오!"

"당신의 입회?"

"그때… 당신이 별일 없이 수술을 끝내면 신경을 끄겠습니다. 완전히!"

"……?"

입회!

눈으로 보고 싶었다. 그래야만 단서든 뭐든 잡을 수 있는 일이었다.

다행히 노윤종은 승우의 딜을 받아들였다. 어떤 형식으로

든 검찰의 내사가 진행되고 있다는 감을 잡은 노윤종. 그로서
도 피치 못할 일이었다.

"그러죠. 대신 수술을 방해하는 어떤 행동도 불허합니다!"

노윤종이 못을 박았다.

쾅! 쾅!

*   *   *

빌딩이 줄줄이 뒤로 빌려났다. 가로수들도 줄 지어 물러섰
다. 앞으로 나간다는 것, 그건 어떤 의미일까? 승우는 핸들은
잡은 채 노윤종을 생각했다.

명의!

그는 위대한 성취를 이루었다. 완전하게 세분화된 의학계에
서 한 분야의 아성을 이룬 것이다. 그의 말대로 직진만 했다.
다행히 승승장구를 했다.

그러나 호사다마다. 누구든 그 인생에 있어 굴곡을 피할
수 없다. 그건 파도 없는 바다와도 같았다. 파도가 없으면 바
다가 아닌 것이다.

'엇!'

질주하던 승우, 급정거를 하게 되었다. 앞차 때문이었다.

끼이익!

더불어 뒤따르던 차들도 급브레이크를 잡았다.

"아, 씨발… 운전 똑바로 안 할래?"

맨 뒤에 선 차의 기사가 폭발을 했다. 대꾸하지 않았다. 저렴한 인간일수록 감정관리를 못하는 법. 꼬박꼬박 상대해서 함께 저렴해질 필요는 없었다.

앞 차가 에스 자를 그리며 차를 뺐다. 원인은 고양이였다. 누군가 고양이를 갈아버린 것이다.

고양이!

다른 때 같으면 승우도 앞차처럼 돌아갈 일이었다. 그런데 왠지 고양이가 마음에 걸렸다. 장갑을 낀 승우는 고양이 목을 집어 들었다. 터진 배 사이로 나온 내장이 대롱거렸다. 일단 갓길에 내려둔 채 차를 뺐다.

고양이는 눈을 뜬 채 죽어 있었다.

고양이 눈은 일자 눈.

하지만 꼭 그런 건 아니었다. 빛을 받아들이는 기능을 상실한 고양이 눈에는 검은 동자가 보였다. 기묘한 느낌은 느껴지지 않았다.

흔히들 고양이를 요물이라고 한다.

고양이의 일반적 이름은 나비…….

나비는 사람의 영혼을 본다고 한다. 정말 그럴까? 영령들과 밤을 함께 해서 요물로 불리는 것일까? 고양이 사체를 보니 옛날 어른들 말이 스쳐 갔다.

"고양이가 관을 세 번 넘으면 송장이 일어난다."

경험한 적은 없지만 생각만 해도 오싹하던 일이었다.

승우는 보도블럭 너머의 잡초군락에 고양이를 묻었다. 언제 나왔는지 민민이 낮은 봉분 위를 맴돌고 있었다.

"민민……."

"영령은 저기 있어요."

민민이 차도를 가리켰다. 사고가 난 장소. 거기 우두커니 앉아 있는 고양이 영령이 느껴졌다.

고양이 영기…….

승우는 그걸 깊이 각인시켰다. 여전히 생소한 고양이 영기, 이제 처음도 아니니 다음에는 헤매는 일이 없어야 했다.

고양이 영기는 구름처럼 움직였다. 제 봉분까지 다가온 고양이는 소리도 없는 '야옹' 울음을 울고는 공기 속으로 산화되어 갔다. 고단한 길고양이 삶의 마감이다.

고양이와의 사연을 한사코 부정하던 노윤종의 모습이 떠올랐다.

어쩌면…….

승우가 사고 난 자리를 돌아보았다. 그 자신도 모르게 고양이를 치었을지도? 그래서 고양이의 한이 노윤종에게 붙었을지도?

그런데… 하필이면 왜 안경에?

나 같으면 손에 붙겠네. 그래야 더 좋지.

혼자 상상을 거듭하던 승우, 피식 웃음과 함께 상상의 나래를 접었다. 내일이면 알 일이었다. 승우가 옳은지, 아니면 억측인지.

＊　　　＊　　　＊

첫 수술!

노윤종의 첫 복강경 수술은 아침 8시 20분으로 잡혔다. 승우는 그 전에 수술장에 있었다. 이현애의 도움을 받아 완전무장한 승우는 멸균을 마치고 수술실로 들어섰다.

수술 대기실은 이른 아침부터 만원을 이루고 있었다. 중상자에서부터 의자에 앉은 백내장 안과환자까지 많기도 했다. 그곳에서 바쁜 사람은 마취의였다. 승우는 30대 후반의 여자 환자를 주목했다. 그녀가 바로 노 교수의 집도를 받을 사람이었다.

노 교수와는 아무런 인연이 없는 사람. 아울러 스태프들과도 연관이 없는 환자였다. 당연히, 그녀의 몸에서 영기도 살폈다. 어쩌면 수술 받던 환자들이 무엇에 씌여 있어 의사에게 영향을 미쳤을 수도 있는 일.

하지만… 환자는 그냥 평범한 사람이었다.

물론, 주변 눈빛들은 좋지 않았다. 오가는 간호사들도 승우를 이물질 보듯 했다. 병원에서는 이질적 구성원인 승우. 당연히 받아들이고 시계를 보았다.

간호사들이 먼저 들어섰다. 양정화와 조인숙이었다. 이현애는 그들 뒤에 입장했다.

"뭐 필요한 거 있으세요?"

이현애가 물었다.

"아뇨!"

"있으면 말씀만 하세요."

그녀가 마스크를 잡아맸다. 수술이 임박했다는 신호였다.

환자가 수술대 위로 올라가 포지션을 잡는 일이 끝나자 노윤종이 수련의를 이끌고 들어섰다. 마치 황제의 등장 같았다. 하긴 황제라고 해도 틀리지 않을 표현이었다. 이 수술실에서는, 그가 환자의 목숨과 운명을 좌우하는 신이니까.

"시작하지?"

노 교수가 두 손을 수평으로 들었다. 이현애가 수술용 앞치마를 걸쳐 주고 장갑도 끼워주었다. 수련의들은 어느새 자기가 맡은 점검을 끝내고 '레디' 상태에 있었다.

수련의가 환자의 배꼽에 다가서더니 바늘을 찔러 기복 상태를 만들었다. 이어 환자의 배에 절개창이 나더니 카메라와 투관침 같은 기구들이 들어갔다. 화면에는 오직 신만이 볼 수 있던 여자의 배가 투영되기 시작했다.

안경!

문제의 흰 테 안경을 이현애가 꺼내왔다. 노 교수의 얼굴에 씌인 안경과 교체가 되었다.

승우를 쏘아본 노 교수의 시선이 모니터에 고정되었다. 그의 손에는 로봇조종기가 들려 있다. 스태프들은 굳은 표정이었다. 카메라가 움직이면서 화면이 바뀌었다. 자궁근종이 화면에 잡혔다. 로봇 손이 목표물을 향해 움직이기 시작했다.

승우는 여전히 안경에 집중이다. 그 옆에 나와 있는 민민도 승우와 똑같은 포즈였다. 안경은 반응하지 않았다. 고양이의 영기가 있기는 하지만 두루뭉술이었다.

"민민……"

승우가 가만히 입을 열었다.

"네?"

"검은 코끼리들 말이야……. 악령을 유혹하기도 한다고 했지?"

"네."

"부탁해."

승우가 검은 코끼리 주머니를 꺼내 들었다. 민민은 네 번째 코끼리 씻뿌에를 불러냈다. 씻뿌에는 싸움이나 전쟁 등의 반목을 뜻하는 미얀마 언어. 민민이 씻뿌에 위에서 아른거리자 검은 빛이 번져 나갔다.

승우는 보았다. 그 빛이 안경 가까이에서 너울거리는 걸.

"반응이 없어요."

민민이 말했다.

과연, 아무런 조짐이 없었다. 노 교수는 그저 수술에 집중할 뿐이었다. 별일 없이 수술이 진행되자 이현애가 돌아보았다. 얼굴을 온통 가린 마스크 안에서 그녀는 이상하다는 표정을 짓고 있었다.

"그만할까요?"

한참 동안 집중한 민민이 물었다.

"조금만 더……."

승우에게는 미련이 남아 있었다. 노 교수에게 감정 따위는 손톱만큼도 없었다. 하지만 분명 노 교수의 안경에는 한 맺힌 고양이의 영기가 맴돌고 있었다.

내가 너무 영기를 과신하고 있는 건가?

세상에는 예외가 있다. 그렇다면 죽음의 세계, 혹은 죽은 영령들에게도 영기가 있을 수 있었다. 생과 사는 종이 한 장 차이라고들 하니까.

'밥이나 한 끼 사고 깨끗이 철수해야겠군.'

그렇게 생각할 때였다.

후웅!

노 교수의 얼굴 부위에 검은 안개가 생기더니 흰 테에 또아리를 틀기 시작했다.

"아저씨!"

민민의 음성이 다급하게 터졌다.

"쉿!"

승우가 조심, 사인을 날렸다.

영기. 고양이의 영기였다.

셋뿌에의 유혹에 자극된 고양이의 영기가 슬금슬금 터져나오고 있었다.

노 교수의 눈.

어느새 검붉게 변했다. 그의 손 또한 근종을 떠나 자궁의 뿌리로 향하고 있었다. 놀란 이현애가 승우에게 신호를 보내왔다.

지금이에요. 안 보이세요? 이현애의 눈은 절박했다.

승우는 고민했다. 수술을 막아야 했다. 그런데… 그게 중요한 게 아니었다. 수술을 중단시키면, 당장은 환자의 자궁이 무사할 수 있지만 승우가 쫓겨나갈 판이었다.

그런 후에 다시…….

교수가 집도에 들어가면 그만이었다.

'될까?'

승우는 방향을 틀었다. 안경에 서려 노 교수에게 저주를 내리는 고양이 영기. 그것과 정면대결이 불가피한 상황이었다.

쉽지는 않을 일이었다. 고양이 영기가 가득하니 안경은 고양이의 일부로 봐야 할 판. 자칫 시야에 문제라도 생기면 그 또한 수술을 그르칠 수 있는 일이었다.

노 교수의 집중력을 건드리지 않으면서 영기만을 막을 것! 지상과제는 그것이었다.

정수리!

신력을 끌어올리며 승우는 그걸 생각했다. 무엇에나 핵심이 있는 법이다. 그렇다면 안경의 핵심은 무엇일까? 아무래도 렌즈의 중심이 아닐까? 거기가 바로 인체의 정수리가 아닐까?

후우웁!

딱 한 점, 두 안경의 중심을 향해 레이저 같은 영기를 날렸다. 처음에는 조준… 그러다 완전하게 조준이 되었을 때 짧고 강력한 치명타를 날렸다.

아옹!

소리가 들렸다.

'이런!'

승우에게만 들린 게 아닌 모양이다. 간호사들과 수련의들이 일제히 고개를 들었다. 그걸 모르는 사람은 오직 노 교수뿐이었다. 그는 수술에 심혈을 기울이고 있었다. 순간 홀연 안경이 콧등으로 흘러내렸다. 멀쩡하던 나사가 풀린 것이다.

"여기요!"

이현애, 진료실에서 쓰는 안경으로 교체를 해주었다. 노 교수는 눈을 몇 번 꿈벅거려 초점을 잡더니 다시 수술에 임했다.

이 모든 광경은 녹화가 되고 있었다. 그건 승우가 원장에게 요청한 일이었다. 환자 중의 한 사람이 투서를 해왔다고 둘러댔다. 수사상 필요하니 협조해 달라고 한 것.

수술은 끝났다.

복강의 작은 구멍을 통해 절개된 '근종'이 딸려 나왔다. 자궁이 아니었다.

마스크를 벗은 노 교수, 보란 듯이 승우를 쏘아보더니 휘적휘적 수술실을 나갔다. 승자의 모습으로.

승우는 웃었다.

진짜 승부는 이제부터 시작이었다.

영상을 확인했다.

보였다.

노 교수 눈의 변화…….

처음부터 카메라 설치를 눈 각도에 맞춰달라고 부탁했던 것이다. 승우는 그걸 받아들고 노 교수의 진료실로 내려갔다. 수술 후 잠시 휴식을 취하던 그가 승우를 맞았다.

"이제 속 시원합니까?"

그의 목소리에는 힘이 실려 있었다.

당신이 오해한 거라는 의미였다.

"대단하시더군요. 복강경 로봇수술……. 흥미로운 일이었습니다."

"더 할 말 없으니 이제 그만 돌아가시죠."

노 교수가 문을 가리켰다.

"저는 아직 할 말이 남았습니다만……."

승우가 대꾸하자 노 교수의 눈빛에 날이 섰다. 승우는 USB를 꺼내 들었다.

"죄송하지만 원장님께 요청해서 수술 장면 녹화를 떴습니다."

"뭐라고요?"

노 교수가 인상을 찡그렸다.

"기왕이면 확실하게 맺고 가는 게 좋지 않습니까?"

"직접 보는 것보다 더 확실한 게 있단 말입니까? 수술은 아무 문제없이 끝났지 않습니까?"

"문제가 있었습니다."

"……?"

"보시죠."

승우는 노트북의 화면을 열었다. 수술실 장면이 나오기 시작했다.

"심리상담 같은 거 보면 많이 나오더군요. 이렇게 화면으로 찍어서 보여주면 피상담자들이 자신의 행동이나 성격의 단점에 대해 쉽게 발견하더라고요."

"이거 너무 심한 거 아닙니까?"

"마지막입니다."

화면이 넘어갔다. 그러다 고양이 영기가 작용할 즈음에서 영상을 세웠다.

"보세요. 이때의 교수님 얼굴……"

"……"

"그 전과 달리 조금 상기되어 있지 않습니까?"

"그야 본격 근종제거에 돌입할 때 아닙니까? 생명을 다루는 일이니 긴장할 수도 있는 일……"

"긴장을 말하는 게 아닙니다. 여길 보시면……"

화면을 넘겼다. 그러자 노 교수가 움찔하는 게 보였다.

"이때 분명 뭔가를 느끼셨을 겁니다. 내부의 충격이라든가 혹은 누군가 끼어드는 것 같은……"

"……"

"이때부터 교수님은 다른 사람이 되었습니다. 눈동자 주변이 완전히 다르죠? 화면을 볼까요? 로봇 절개기가 자궁의 뿌리 쪽으로 가 있습니다. 이 타임에서 이 동작이 일어나야 하는 상황입니까? 다른 의사 분에게 여쭤봤더니 아니라고 했습니다만……."

"……!"

거기가 포인트였다. 노 교수도 공감하는 모양이었다. 느닷없이 자궁의 뿌리에 가있는 절개 칼을 보더니 콧등을 움찔거리는 노 교수…….

"이현애 씨가 아니었으면 아마 오늘도 저걸 자르셨을 겁니다."

"이 간?"

"어디 가서 부적을 받아왔다고 하더군요. 그걸 교수님 수술복 안에 몰래 붙여뒀는데……. 믿지는 않으시겠지만 효과를 본 것 같다고……."

"그래서 안경다리가?"

"뭐 저도 믿기 어렵습니다만 수술과정을 지켜보니 어쨌든 효과가 있었던 것도……."

승우는 이현애를 팔아 상황을 넘겼다.

"이것 참……."

노윤종의 기세가 꺾였다. 그쯤에서 승우, 슬슬 닦아세우기 시작했다.

"고양이 말입니다."

"고양이……."

"엄청난 사건이 아니어도 됩니다. 뭔가 얽히는 게 있는 거 같은데 어릴 때부터 차근차근 생각해 보시면……."

"허, 참……."

"부탁드립니다."

"고양이를 싫어하는 건 사실입니다. 그리고 뭐 연구실에서 실험동물로 쓰기도 하고요. 개, 고양이, 실험 쥐……."

"고양이가 있군요?"

승우가 고개를 들었다.

"하지만 그냥 의례적인 실험일 뿐입니다. 고양이는 연구원들이 관리하기 때문에 내가 특정 고양이에게 가혹행위를 한 적도 없고……. 관련 연구도 끝난 지 좀 되었습니다."

"연구가 끝났다고요?"

"예!"

"그때 고양이를 얼마나 쓰셨나요?"

"뭐 한 10여 마리……. 숫자나 종류 같은 건 연구원들이 알 지요."

"실험 중에 유의할 만한 일은요?"

"글쎄요……. 나는 연구원들이 준비를 마치면 관련 데이터를 보고 고양이 상태를 확인할 뿐입니다."

"그러니까 기억에 남을 만한 일이 없으시다?"

"실험이 끝난 고양이는 안락사를 시키는데……. 그것도 연구원들이 하지 내가 하지는 않습니다. 그러니 고양이가 한을 품으려면 막말로 연구원들에게 한을 품어야 하는 거 아닙니까?"

"그렇군요."

승우는 고개를 끄덕였다. 틀린 말은 아니었다. 노 교수 정도의 위치라면 그 연구를 이끄는 수장. 소소한 일들은 아랫사람들이 수행하고 있을 일이었다.

'연구원들을 만나봐야겠군.'

어쩌면 답이 거기 있을 수도 있었다. 혹시라도 연구원들에게 무참하게 죽은 고양이가 있어 노 교수에게 붙었을 수도 있기 때문이었다.

"그 연구원들 명단 좀 알 수 있을까요?"

"그거야 뭐 어렵겠습니까만……. 아!"

명함을 고르다 한 장을 떨어뜨린 노 교수, 그걸 집어 들려고 의자를 발로 밀어내더니 뭔가 생각이 난 듯한 표정을 지었다.

"그러고 보니 고양이를 내지른 적이 있습니다."

"예?"

"마지막 실험 때였을 겁니다. 실험 상태를 체크하는데 잠시 철창에서 꺼내놓은 고양이가 기기에 뛰어올라 나대는 통에 치명적인 가스가 뿜어져 나온 적이 있어요. 그걸 눈에 맞았으면 실명이 되었을 터라 하도 놀라 얼결에 고양이 배를 찬 적이 있습니다."

"발로요?"

"예. 그 고양이는 연구원들이 처리했고요."

"죽였나요?"

"아마… 실험실에는 위험한 기구가 많아서 날뛰는 고양이는 위험하거든요."

처리!

죽였다는 뜻이었다.

승우가 찾던 실마리가 거기서 빼꼼 고개를 내밀고 있었다.

6장
묘한 猫恨 그것

"좀 자세히 말씀해 주시면……."

승우의 눈이 반짝거리기 시작했다.

"딱히 더 할 말은……. 원래 실험실 동물은 얌전해요. 마치 땅꾼 앞의 뱀 같다고나할까요? 자기들 운명을 아는 거죠."

"……."

"그래서 별다른 말썽은 일어나지 않습니다. 실험 과정에 따른 각종 연구를 도울 뿐……."

"혹시 고양이 자궁도 연구하는 겁니까?"

"무슨 뜻이죠?"

"특별한 뜻은 없습니다. 교수님 전문분야가 그쪽이다 보니……."

"연구는 다양하게 하고 있지만 고양이 자궁을 연구한 건 아닙니다."

노 교수가 선을 그었다.

"그게 전부인가요?"

"다른 건 없습니다만……. 그로부터 며칠 간 유독 고양이가 자주 눈에 띄이긴 했습니다. 차를 탈 때도, 주차를 해두어도……."

"그래요?"

"잠깐만요, 이 간, 좀 들어와 봐요."

노 교수가 이현애를 불러들였다.

"이 간. 그거 생각나나? 왜 얼마 전에 어떤 환자를 따라왔던 고양이……."

"네……."

"환자를 따라왔다고요?"

승우가 이현애를 바라보았다.

"여자 분이 오셨는데 애완고양이를 데려왔었대요. 진료 때문에 차 안에 두고 왔다는데 그게 글쎄 진료실에 들어온 거예요."

"차 문을 안 닫았던 모양이죠?"

"자기는 분명 닫았다는데⋯⋯. 아무튼 그날 진료실이 발칵 뒤집혔어요. 병원에는 애완동물을 데려오면 안 되거든요."

"⋯⋯."

"됐어. 그만 나가 봐."

설명이 끝나자 노 교수는 이현애를 내보냈다.

"이제 됐습니까? 아니면, 동네에서 본 길고양이에다 아이들 고양이 캐릭터까지 다 말을 해야 하는 겁니까?"

"됐습니다."

여전히 까칠한 티가 남아 있는 노 교수. 승우는 그쯤에서 일어섰다. 이제는 다른 곳에서 확인할 차례기 때문이었다.

"검사님⋯⋯."

복도에 나서자 이현애가 따라 나왔다.

"어쩌면 궁금증이 밝혀질 것도 같습니다."

승우가 웃었다.

"정말요?"

단박에 좋아하는 이현애.

"그럼 수고하세요."

"검사님, 파이팅요!"

뒤에 남은 이현애가 주먹을 불끈 쥐어 보였다.

그러고 보면 노윤종, 참 행복한 사람이었다. 상처를 한 건 가슴 아픈 일이지만 저렇게, 누군가 자신을 생각해 주는 사람이 있다는 것⋯⋯. 운전석에 앉으니 문득 옆이 허전하게 생각되었다.

승우도 사실 주변에 사람은 많았었다.

지금이라도 전화를 걸면 달려온 사람은 지천이다.

그런데 그들은 과연 승우를 진심으로 생각하는 사람들이었나? 승우의 앞날을 걱정해 주는 사람이었나? 답은 절대, 아니올시다였다. 그들이 원하는 건 승우의 힘이었다. 상대를 제거해 주고, 압박하고, 그들 빠라끌리또들의 실드가 되어주기를 바랐을 뿐.

그러다 승우가 검사 자리를 내놓는 순간 돌변할 인간들⋯ 지금은⋯⋯.

푸훗!

다시 돌아보다 피식 웃었다. 혼자라는 건 착각이었다. 거기 민민이 있지 않은가? 아첨꾼 한 트럭을 가져와도 바꾸지 않을 최상의 빠라끌리또⋯⋯.

"민민!"

승우, 괜한 자책감에 민민을 불러냈다.

"왜요?"

"미안해!"

"뭐가요?"

"그냥⋯⋯."

승우는 조용한 미소를 흘리며 시동을 걸었다.

*   *   *

"혹시… 송승우 검사님?"

외곽 조용한 곳에 자리한 연구실의 휴게실, 빈 의자에 혼자 앉아 사건을 정리할 때 연구원 하나가 다가왔다.

'응?'

승우는 눈을 의심했다. 하얀 실험복을 차려입은 사람은 굉장한 미녀였다. 남학생이 우글거리던 공대. 통화했던 사람도 남자. 따라서 당연히 남직원이 나오겠지 생각했던 상상은 저만치로 달아나 버렸다.

"아, 안녕하세요?"

"제가 실험동물 담당 연구원이에요."

연구원이 명함을 건네주었다. 녹색 바탕 위에 올려진 하얀 활자가 반짝 빛을 냈다.

이아름.

"전 남자분인 줄 알았는데?"

"아까는 우리 인턴직원이 전화를 받았던 모양이에요."

"아. 예……."

"뭐 드시겠어요?"

묘한 猫恨 그것 257

그녀가 물었다. 연구소에도 차 대접은 있는 모양이었다.

"아무거나 한 잔 주세요."

"조금 전에 내린 커피가 있는데 그걸 가져올게요."

연구원의 발소리는 얌전했다. 그러고 보니 간호사들도 그랬다. 사무직원들과 달리 그녀들은 직장에서 편한 신발을 신는다. 움직임이 많은 까닭도 있었고 기동성 측면에서도 유리하기 때문이었다.

"여기요!"

연구원이 차를 내려놓았다. 이런 저런 약품 냄새 속에서도 커피향은 기가 죽지 않았다.

"궁금한 게 있으시다고요?"

그녀가 먼저 입을 열었다.

"예. 노윤종 교수님이 여기서 연구를 하셨다길래……."

"교수님은 우리 연구소의 에이스셔요."

연구원이 웃었다.

"아, 네……."

"뭘 도와드릴까요? 교수님도 잘 협조해 드리라고 전화하셨던데……."

"고양이요!"

승우가 전후좌우 다 잘라내고 핵심만 내밀었다.

"고양이요?"

"얼마 전에 고양이가 난동을 부려서 가스 누출사고가 났다던데……. 기억하시나요?"

"예. 2266번 말이시군요."

"2266번이오?"

"실험동물 코드명이에요. 보통 여섯 자리로 관리하는데 간단하게 뒤쪽 네 자리수로 관리하죠."

"대개 어떤 고양이들이죠?"

"특별한 건 없고요 보통 생후 6개월쯤 되는 건강한 개체를 데려다 써요."

"관리는요?"

"일반 고양이들처럼 섭생을 하지는 않고요 고단백 영양식으로 한 끼 정도 먹여요. 너무 많이 먹으면 실험할 때 막 흘릴 수가 있거든요."

"흘린다고요?"

"생리현상요!"

"아!"

이번에는 승우가 웃었다. 이쪽은 그걸 또 이렇게 표현하는 모양이었다.

"그 2266번……. 혹시 남다른 사연 같은 게 있나요? 아니면 좀 이상한 점이라든가?"

"사연이라면?"

"뭐 구입 과정이라든가, 아니면 다른 고양이에 비해 무섭다거나……."

"아뇨, 무지하게 착했어요."

"착해요?"

"붙임성도 많고 사람들 잘 따랐어요. 그래서 실험에 투입할 때는 좀 미안했었죠."

"잘 따른다는 건?"

"걔들은 보통 박스 안에 갇혀서 살거든요. 다른 녀석들은 가끔씩 스트레스를 발산하는데 2266번은 그러지도 않아요. 오히려 다른 고양이가 스트레스를 받으면 위로해 주곤 했죠. 그래서 우리가 가끔 풀어놓기도 했는데……."

거기서 연구원의 눈가가 젖는 게 보였다.

"무슨 일이 있었군요?"

"그게……."

연구원의 눈에서 결국, 눈물이 툭 떨어졌다. 승우는 재촉하지 않고 가만히 차를 마셨다. 침묵하는 것, 이럴 때는 그게 상책이었다.

"죄송해요."

눈물을 짜낸 그녀가 승우에게 말했다.

"아닙니다."

"사실… 교수님 모르는 일이 있는데, 그건 다 제 잘못이에요."

노 교수가 모르는 일……

승우의 촉각이 온몸에서 깨어나기 시작했다.

"원래 실험동물은 풀어놓으면 안 돼요. 감염의 우려도 있고 사고의 우려도 있기 때문에……"

"……"

"하지만 우리도 사람이기 때문에 너무 안됐거나 너무 귀여우면 자꾸 손이 가는 건……"

어쩔 수 없는 일……

승우는 남은 커피를 마저 넘겼다.

"어쨌든 2266……. 너무 착해서 종종 만져 주고 풀어주기도 했는데 그만……"

"무슨 일이 있었군요?"

"네……"

다시 그녀의 목이 미어졌다.

대체!

대체 무슨 일이 있었던 걸까? 승우는 숨을 죽이고 그녀의 다음 말을 기다렸다.

"그 애가 새끼를 가졌었나 봐요."

"……!"

새끼?

승우의 시선이 발딱 일어섰다.

"저도 나중에 개가 죽은 후에야……."

"안락사 말인가요?"

"아뇨. 안락사가 아니라……."

연구원은 거기서 또 목소리를 떨었다. 말하기 곤란한 대목에 봉착했다는 신호였다. 승우는 기다리는 수밖에 없었다.

"이건 비밀로 해주신다는 약속을……."

연구원의 입에서 옵션이 나왔다.

"약속하죠."

"그러니까 그게, 2266이 죽은 건 노 교수님 때문에……."

"노윤종 교수요?"

"예!"

여자의 고개가 툭 떨어졌다.

"그럴 리가요? 노 교수님은 그런 기억이 없으시던데……."

"맞아요. 제가 비밀로 했으니까요."

"비밀이라면……."

"그 전날… 실험이 끝나갈 때 2266이 사고를 쳤어요. 갑자기 기기를 건드리는 바람에 독성가스가 노 교수님에게……."

"그 얘기는 대략 들었습니다."

"저는 그때 옆방에 있었는데 교수님 놀라는 소리를 듣고 가보니 2266이 쓰러져 있었어요. 노 교수님은 화가 많이 나 계셨고……."

"……."

"제게도 화를 내셨어요. 얌전한 고양이라더니 실험동물 특성도 파악 못 하고 있냐고……."

"그래서요?"

"교수님 입장은 이해해요. 그 가스는 독성이 있어서 눈에 정통으로 맞았더라면 실명을 할 수도 있었으니까요."

"……."

"화가 난 교수님이 고양이를 처리하라고 했어요. 물론, 원래도 프로젝트가 끝났으니 며칠 후에 처리될 운명이긴 했어요."

"……."

"하지만 2266은 착한 고양이라서……. 제가 아는 친구에게 몰래 줄 생각이었거든요. 원래는 그러면 안 되지만 2266에게 한 실험은 감염의 위험이 있는 게 아니라서 괜찮은 케이스였어요."

설명하는 연구원의 눈이 조금씩 비어가기 시작했다. 승우는 손에 들었던 커피잔을 소리 없이 내려놓았다. 그녀를 방해하지 않기 위해, 아주 조심스럽게…….

"하지만 교수님 엄명이 떨어졌으니 그러기는 곤란해졌지요. 게다가 사고까지 쳤으니 내가 그 고양이를 잘못본 건가 싶기도……."

"……."

"그날 저는 좀 늦었어요. 다른 박사님 실험이 늦게까지 진행되는 통에 쉴 틈이 없었거든요. 연구팀에서 1차 결과를 리딩한 시간이 자정 무렵, 그제야 다들 집에 갈 수 있게 되었어요."

데엥!

핸드백을 챙겨들고 나오는 그날의 그녀. 마침 복도의 커다란 벽시계가 12시를 알리고 있었다. 거기서 그녀, 복도 끝을 돌아보았다. 실험동물 방이었다. 어쩐지 죽었을 것만 같았던 2266 고양이. 걱정이 되었다.

'한 번 살펴보고 갈까?'

그녀는 망설임과 걱정 끝에 결국 실험동물 방을 열었다.

"……!"

뭔가 느낌이 달랐다. 고양이 냄새라면 100미터 앞에서도 분간할 수 있을 정도로 익숙해진 그녀. 방 안에 퍼진 냄새가 다르다는 걸 알았다.

그리고 2266 앞에 다가 선 그녀는 터져 나오는 비명을 입으로 막아야 했다.

악!

하혈이었다.

멋대로 늘어진 2266의 생식기 쪽을 검붉게 물들인 핏덩이. 그중 몇 개는 제 혀로 핥았는지 입가에 말라붙은 핏덩이들……. 벽이 기대 겨우 정신을 차린 연구원은 2266을 가둔 박스 쪽으로 다가갔다.

그런데 또 한 가지 이상한 것이 있었다.

실험고양이 2266의 눈이 한곳을 쏘아보고 있었다. 죽어도 눈을 감지 않고 불꽃을 튕겨내는 고양이의 눈. 그 눈과 마주치는 건 입구 쪽 벽에 걸린 쟁쟁한 연구진들의 업적 사진. 그중에서도 노윤종 교수의 사진이었다.

아니겠지.

연구원은 눈을 감았다 떴다. 그렇다고 변하는 건 없었다. 오히려, 2266의 눈이 더욱 무섭게만 보였다. 더 놀라운 일은 그다음에 일어났다.

가엾게 사산된 새끼고양이들 덩어리를 수습하느라 2266을 실험대 위에 올려놓았다. 말이 새끼고양이들이지 임신한 자 오래되지 않은 듯 핏덩이로 나온 생명들……. 안타까운 한편 징그럽기도 했지만 그녀는 치워야만 했다. 혹시라도 간부들이 본다면 질책을 살 수 있었다. 실험동물의 임신은 연구원이 한눈을 팔았다는 증거가 되므로.

'대체 언제?'

실은 그녀도 궁금했다. 잠깐잠깐 꺼내놓기는 했지만 오랜 시간은 아니었다. 그런데 이렇게 감쪽같이 임신을 했다니……. 고개를 저었다. 실험 말미에 스케줄이 몰리면서 정신이 없던 그녀였다. 돌보는 동물이 한둘이 아니니 있을 수 없는 임신까지 체크할 여유는 없었다.

그래서 그랬던 걸까?

2266이 스쳐 갔다. 임신 때문에 신경이 날카로워져서 얌전하던 성격이 변한 걸까? 오만 잡생각이 다 들었지만 이제는 소용없는 일이었다. 2266의 생명, 아니 그 새끼들 생명까지 목숨의 강을 건너가 버렸으므로.

핏덩이를 수습한 그녀, 2266을 치우려 고개를 돌렸다.

그때 그녀는 눈을 의심했다. 조금 전에 감겨준 고양이가 다시 눈을 뜨고 있었다. 뿐만 아니라 다시 노윤종을 쏘아보고 있었다.

눈을 감겼다. 하지만 조금 후에 다시 떠졌다. 그 눈은 노윤종에게 향했다. 머리 방향을 돌려놓았다.

고양이 목이 저절로 돌아갔다. 역시, 노윤종에게로.

너무 놀라 복도로 뛰어나왔다. 퇴근하는 동료 남자연구원에게 SOS를 쳤다.

"요즘 너무 피곤한 거 아니야?"

2266을 수습한 남자연구원이 말했다. 그가 눈을 감기자 고양이는 눈을 감았고, 다시는 뜨지 않았다. 다시는…….

후우!

이야기를 마친 이아름이 한숨을 쉬었다.

후우!

승우도 긴장을 풀고 긴 날숨을 밀어냈다.

"제 말 믿기세요?"

고조된 감정에서 벗어난 연구원이 물었다. 공포 속에 빠져 있던 조금 전과는 또 다른 모습이었다.

"예!"

"고맙네요. 다들 헛것을 본 거라고 비웃었는데……."

"노 교수님은 그 일 모르죠?"

"네. 말해야 믿지도 않겠지만 저도 고양이 잘못 관리한 죄가 있어서 말하지 않았어요. 게다가 어차피 안락사시킬 대상이었고……."

"고양이가 새끼를 배면 신경이 날카로워지나요?"

"그럴 수는 있어요."

"그래서… 원래 착하던 고양이가 노 교수 앞에서 사고를 쳤다?"

"아니면 뭔가에 놀랐을 수도 있겠죠."

"혹시 그 CCTV 있나요? 실험동물 방이나 노 교수님 실험 방……."

"제가 말한 실험동물 방에는 없지만 교수님 실험방에는 있어요."

"좀 볼 수 있을까요?"

"무서운 일은 실험동물 방에서 일어났는데요?"

"압니다. 그냥… 궁금해서요."

승우가 대답했다.

사실, 실험동물 방 CCTV가 궁금하긴 했다. 고양이 2266……. 이름 하나 없이 코드명으로 불리다 죽어간 고양이. 죽어서도 노윤종을 쏘아보았다면 새끼 밴 배를 걷어찬 데 대한 한일 수도 있는 일…….

"그럼 저 따라오세요."

연구원이 일어섰다.

그녀는 작은 보안실로 승우를 안내했다. 안에 있던 남자직원은 그 날짜의 영상을 찾아주고는 밖으로 나갔다. 녹화 영상은 연구원이 틀었다. 문제의 장면이 나왔다. 실험실 안에 남은 노 교수. 현미경을 들여다보느라 바쁘다. 이어 각종 결과와 검사치를 체크한다.

바로 그때 놀라운 일이 일어났다.

노윤종이 보지 못한 엄청난 일. 승우와 연구원도 벌린 입을 다물지 못하는 일.

모든 오해를 뒤엎는 진실의 모습이…….

*　　　*　　　*

추릿!

화면 안에서 뭔가 오싹한 긴장감이 흘러갔다. 그리고… 노윤종이 슬라이드 샘플이 가득 든 트레이를 집어 들었다.

순간, 얇고 넓은 트레이의 끝이 독성가스 분사기의 Start 버튼을 건드리고 말았다. 물론, 노윤종은 알지 못했다.

트레이 자리를 잡아 내려놓으려는 순간,

치이이!

센서가 들어오며 가스가 분출되기 시작했다. 그제야 눈치를 챘다.

그런데 눈치를 차린 건 노윤종이 아니라 고양이었다. 고양이 2266…….

치이!

사람보다 민감한 고양이, 그걸 보더니 눈동자가 확 좁혀들었다.

위기일발!

노윤종이 콧노래를 흥얼거리며 가스분사기 앞으로 돌아설 때, 센서가 딸깍, 가스분출기 노즐에 신호를 보냈다.

야옹!

2266이 뛰어오른 게 그때였다.

치이익!

야옹!

가스 분출과 함께 고양이가 튀어 올랐다. 완전히 동시였다. 분출기 노즐을 몸으로 막아선 고양이 2266, 노윤종을 향해 필사의 목소리 알람을 울렸다.

야아옹!

"……."

그제야 돌아보는 노윤종. 고양이가 가스센서를 건드려 가스가 분출된 것으로 착각을 했다. 노윤종은 혼비백산 피하며 Stop 버튼을 눌렀다. 독가스를 막고 있던 고양이가,

야옹!

안도의 소리를 냈다. 제 몸뚱이는 엉망이 되었지만 노 교수를 구한 것이다. 착한 고양이 2266…….

하지만 고양이에게 돌아간 건 은혜의 보답이 아니었다.

"이런 미친!"

노 교수의 입은 욕설을 쏟아냈다. 그리고… 맥없이 떨어진 고양이의 배에 킥을 퍼부었다. 그는 한 번이라고 했지만 한 번이 아니었다.

한 번, 두 번!

고양이는 새끼를 보호하기 위해 배를 웅크렸다. 하지만 이미 독가스를 맞은 몸이기에 날렵할 수 없었다.

처음에는 괜찮았지만 두 번째, 기어이 뱃속에 치명적인 사단이 나며 액체를 토했다. 피가 섞인 액체였다. 그 액체가 노

교수의 안경에 튀었다. 수술 전용으로 쓴다던 그 흰 테 안경이었다.

야옹!

고양이는 속으로 피맺힌 울음을 울었다.

야옹(나는)……

야옹(죄가 없어요)……

야옹(그건 내가 한 짓이 아니에요)……

고양이는 온몸으로 말했지만 돌아온 건 또 한 번의 발길질일 뿐이었다. 완전히 늘어진 고양이의 눈이 노 교수에게 향하고 있었다. 처음에는 충성스러운 눈이었지만, 변해 있었다.

비통한 한과 원망이 아롱진 눈빛. 순한 눈에서 섬뜩함으로 바뀐 그 눈빛……. 저주는 그때부터 시작되고 있었다.

"어머나, 세상에!"

화면을 보던 연구원이 어쩔 줄 모르고 마른 울음을 터뜨렸다.

진실……

진실이 거기 있었다. 모든 게 뒤바뀐 진실.

난동의 고양이가 아니라 노 교수를 구한 보은의 고양이. 그러나 은혜를 입은 그 사람에 의해 무참하게 저승문턱으로 던져진 고양이……

그것도 혼자가 아니라 새끼들까지.

야옹(복수할 거야)!

야옹(복수하고 말 거야)!

그 소리가 승우의 귀에 들리는 것만 같았다.

야옹!

사무실로 돌아왔다.

동물학대법을 뒤졌다.

동물보호법…….

동물을 학대한 사람에게는 동물보호법 위반으로 1년 이하의 징역형에 처할 수가 있었다. 영상이 있으니 증거는 충분했다. 새끼까지 밴 고양이를 죽게 했으니 신분이 확실한 의사라 해도 법원에서 영장을 기각할 수 없을 일…….

하지만 그것으로 끝날 일은 아니었다. 그로 인해 발생한 자궁적출 사건들… 그 또한 그냥 간과할 수는 없는 일들. 그러나 그게 고양이의 복수였다는 건 적어도 법정에서는 증명할 수가 없었다.

빌어먹게도 과학만이 만능인 세상에 살고 있었던 것이다.

"권 수사관!"

승우, 업무에 바쁜 권오길을 불렀다.

"네, 검사님!"

"조사실 하나 비워둬."

"누구 소환하시게요?"

"응, 의사 한 사람······."

"그 병원 말입니까?"

"그래."

"단서를 잡으셨군요?"

"뭐 그렇다고도······."

승우는 말끝을 흐렸다. 영장을 청구할지 말지는 아직 결정하지 않은 상태였다.

잠시 후에 승우는 노 교수 번호를 눌렀다.

뚜우!

신호가 갔지만 받지 않았다.

다시 걸었다.

뚜우우!

역시 받지 않는다. 별수 없이 문자를 넣었다.

ㅡ긴급상황, 전화를 바랍니다.

그제야 노 교수가 전화를 걸어왔다.

"여보세요?"

ㅡ송 검사님, 미안하지만 그 일 때문이라면······.

그는 냉랭하다.

"정식 긴급소환입니다. 소환장을 보낼까요? 아니면 그냥 오시겠습니까?"

승우 역시 냉랭하게 받아쳤다.

—……?

뜨악 하는 느낌이 전화기를 건너왔다. 검사의 출두 명령. 농담일 리가 없었다. 승우는 한 번 더 못을 박아버렸다.

"수사관을 보내드리죠."

—역시 그 건 때문입니까?

"예!"

—…….

"……."

—제가 가죠.

노 교수가 전화를 끊었다.

"어머!"

그때 핸드폰을 확인하던 나수미가 밭은 비명을 쏟아냈다.

"왜 그래?"

차도형이 물었다.

"이번에는 무당이 현해탄에서 투신을 했대요."

응?

승우가 고개를 들었다.

"내 친구들이요, 우리 검사님이 무속에 조예가 깊다고 했더니 관련 사건 같은 걸 리포트해 주거든요. 이건 방금 전에 일어난 일이래요."

"그래?"

차도형이 구석의 텔레비전에 리모콘을 쏘았다. 뉴스가 흘러나왔다.

—일본을 다녀오던 무속인이 여객선에서 바다에 투신하는 사건이 일어났습니다. 선상의 CCTV를 분석한 경찰은 이 무속인이 발작 비슷한 행동을 한 것을 확인하고 정신질환이나 약물중독 등을 염두에 두고 부검을 실시하기로……

"발작?"

차도형이 고개를 갸웃거렸다.

—한편 이 무속인은 15년간 계룡산 수련을 마치고 일본 무속을 돌아보고 오다 변을 당하여 주변을 안타깝게……

"으아, 말하자면 도를 이룬 후에 세상 구경을 나왔다가 저렇게 된 거잖아?"

기자에 이어 차도형이 몸서리를 쳤다.

"그러고 보니 저번에도 무당 사건 있었잖아? 80년대를 주름잡던 무속인의 고독사……"

이번에는 유 계장이었다.

"검사님, 우리가 출동할까요?"

차도형이 개그스럽게 돌아보았다.

"진짜 무속 선남하고 싶어?"

승우가 물었다.

"뭐 어쩐지 좀 으스스하고 몽환적이지만, 전율에다 스릴도 만점이잖습니까?"

"그럼 이것 좀 읽어둬."

승우는 무속 자료 한 더미를 차도형 책상에 올려주었다.

"에? 이걸 다요?"

"수사하려면 뭐 좀 알아야지. 내일까지 다 읽고 핵심만 보고하도록."

"검사님!"

"농담이고, 빌려온 거니까 자료실에 반납 좀 부탁해."

"으앗, 다행이다."

차도형의 입에서 안도의 숨이 터져 나왔다.

*　　　*　　　*

그런데, 말이 씨가 되고 말았다.

"네, 별관 신수본입니다."

유 계장이 외부에서 걸려온 전화를 받았다. 바로 현해탄 무속인 투신에 관한 전화였다.

"검사님, 국과수라는데 좀 받아보시죠?"

유 계장이 전화를 돌려주었다.

"어, 이 박사님!"

전화의 주인공은 이성욱 검시관이었다.

—바쁘지 않으세요?

"괜찮습니다. 말씀하세요."

—혹시 현해탄 무속인 투신자살 보도 보셨습니까?

"그런데요?"

—그 부검 좀 참관하실래요?

"제가요?"

—부산 관할서에서 연락이 왔는데 이게 좀 난해한 문제가 있어서 우리 본원에서 부검을 맡기로 했는데 검사님이 오면 도움이 될 것 같아서요. 뭐 별거 아니더라도 경험 삼아······.

"뭔데 그러시죠?"

—그게 저도 직접 시신을 본 게 아니라서 설명하기는 좀 그렇고··· 어떻습니까?

"부검이 언제죠?"

—시신 운송하고 영장 떨어지고 차례 기다리려면 한 2~3일 걸릴 것 같습니다. 원하시면 검사님 스케줄에 맞춰놓고요.

"아닙니다. 제가 그때 참관하죠."

—고맙습니다. 그럼 나중에 뵙죠.

통화는 그렇게 끝났다.

'난해한 정보?'

뭘까?

부검의 대상이 무속인이라니 궁금증이 일었다.

그래도 이강순처럼 기괴한 현상으로 뒤틀어진 육신만은 아니기를 바랐다.

그사이에 노윤종이 지검에 도착했고, 승우는 조사실로 향했다.

"앉으시죠!"

먼저 자리를 잡은 승우가 노윤종을 바라보았다.

인간은 환경의 동물.

승우는 그걸 실감했다. 병원에서는 여유롭고 느긋하던 그였지만 조사실 안에서는 아니었다. 말하자면 수술실에서 그가 신이라면, 조사실 안에서는 승우가 신인 것이다.

입장이 바뀐 것이다.

"이유를 모르겠군요. 왜 이렇게 이 일에 집착하는 건지……."

노윤종이 에둘러 불만을 표현했다.

"이걸 보면 이유를 알게 될 겁니다."

승우가 노트북을 내밀었다.

화면이 시작되었다. 연구실에서 본 그 장면이었다.

연구실의 노윤종.

가스센서를 건드리고…….

독성가스 밸브 오픈.

"……?"

고양이가 뛰어오르고, 가스를 막아주고… 그제야 고양이를 발견하는 노윤종. 오해하는 노윤종.

픽!

고양이를 차고, 고양이의 체액이 안경대에 튀는 순간, 지켜보던 노윤종의 눈동자도 튀어나올 듯 멋대로 꿈틀거렸다.

"아아!"

신음이 들렸다. 노윤종이 무너지는 소리…….

"고양이가… 고양이가……."

풀썩!

풀썩!

그의 의지가 한풀씩 무너져 내렸다.

영상은 끝났다. 한 맺힌 고양이가 노윤종을 노려보는 눈빛 장면에서!

하아!

노윤종의 맥이 완전히 풀린 게 보였다. 손이 떨고, 어깨가 떨고, 눈동자까지 떨었다.

"고양이가 사고를 친 게 아니고 내가… 그러니까 고양이는 나를 살리려고?"

진실!

왜곡되게 시작된 진실이 그 상대편 가슴에 꽂히는 순간이었다.

하아, 하아!

노 교수가 할 수 있는 건 한숨뿐이었다. 속절없는 한숨의
연속……

승우는, 자리에서 일어나 창으로 걸어갔다. 어둠이 내리고
있었다. 세상을 뒤덮는 어둠……. 고양이는 저 어둠 깊은 곳
에 있을까? 거기서 노윤종을 지켜보고 있을까?

야옹!

목울대를 타고 넘어오는 한 맺힌 울음으로?

"결국… 그래서… 그래서 고양이의 한이 내 안경에 묻어, 수
술 때마다 실수를 유발하게 하며 복수를 한 거란 말이군요?"

노 교수의 목에서 쉿소리가 넘어왔다.

결과를 보면…….

승우가 말끝을 흐렸다.

"맙소사!"

자기 손을 바라본 노 교수, 몸속에 진동기를 품은 듯 떨어
댔다.

"검사님!"

노윤종이 승우를 불렀다. 승우가 돌아보았다.

"저를 구속하십시오!"

그가 두 손을 내밀었다.

"……?"

"몰랐습니다. 고양이가 내 목숨을 구한 줄은… 그것도 모르고 생명의 은인에게 만행을 저질렀군요. 목숨이 위태롭다는 생각에 격노해서 인정사정없이 찬 모양입니다. 더구나 다음 날… 안락사를 지시했으니……."

노윤종은 차마 말을 잇지 못했다.

연구원의 말처럼 그는 그 뒷일을 모르고 있었다. 고양이의 임신… 어쩔까 고민하던 승우, 다 밝히는 쪽으로 가닥을 잡았다.

"실은……."

"……!"

승우가 뒷일을 설명하자 노윤종의 눈동자에 지진이 일었다.

"……."

"……."

그리고 승우도, 노윤종도 말을 하지 않았다.

맙소사!

그러다 결국 한숨 섞인 탄식을 쏟아내는 노윤종.

"고양이 새끼를 죽인 저주가 내 손에 내렸던 거로군요. 그래서 수술 때마다……."

"마지막 수술 때는 아니었죠."

승우가 사안을 바로잡아 주었다.

"검사님은 다 알고 있었군요?"

"……"

"정말 내 수술 전용 안경에… 고양이의 저주가 내린 겁니까?"

"……"

"그래서 중요한 순간마다 나를 조종해 아기집을……."

"……"

"이럴 수가……."

"인정… 하십니까?"

듣고 있던 승우가 물었다.

"후우!"

"인정하시면 죄가 커집니다. 동물학대죄에 더불어 의료 과실이 따라올 테니까요."

"인정… 합니다."

노윤종이 담담하게 말했다. 다행히, 그는 비겁하지 않았다.

"착잡하군요. 노 교수님을 어디까지 기소해야 할지……."

승우도 한숨을 쉬었다.

"법대로 하십시오. 검사님 처분에 모든 걸 맡기겠습니다."

"지금까지 이룬 모든 것을 잃어도 말입니까?"

"예!"

"내일… 또 수술 일정이 있겠지요?"

"취소하겠습니다. 저는 수술할 자격이 없는 인간입니다."

"저는 그렇게 생각하지 않습니다."

"……?"

"그 수술은 어떤 수술입니까? 자궁적출인가요? 아니면 근종 인가요?"

"근종제거입니다만 염증이 작은 게 아니라 열어서 판단해 야 하는."

"수술하세요."

승우가 잘라 말했다.

"검사님!"

노 교수가 고개를 들었다.

"검사는 생각보다 많은 권한을 가지고 있습니다. 이런 사안 에 대해서도 다양한 처분을 내릴 수 있지요. 기소부터 무혐의 처분까지……."

"……"

"교수님, 만약 저 화면을 보지 않았더라면 제가 기소를 하 면 변호사를 세워 정당성을 입증했겠지요? 자궁적출 건에 대 해서 말입니다."

"물론……."

"그건 곧 의학적으로 보면 근종 수술 시의 자궁적출이 불법 과 합법의 경계선에 있었다는 말일 테고요."

"하지만 제 과실을 알았으니……"

"법에서는 경우에 따라 과실의 책임을 묻지 않는 일도 있습니다."

"……?"

"수사검사로서 두 가지 처분을 내리겠습니다. 구속영장청구는 그 후에 고려해 보도록 하죠."

"두 가지… 처분?"

"진정 참회하신다면 고양이를 안락사시킨 곳으로 가서 진심으로 명복을 빌어주십시오. 그런 다음 내일 아침, 그 수술 전용 안경을 쓰고 자궁근종 로봇수술에 임하십시오."

"……?"

"이현애 간호사 아시죠?"

"그야……"

"스태프로 참가시키세요. 그녀라면… 교수님의 모든 것을 알 수 있습니다. 자궁적출을 하더라도 그게 의학적 판단인지 아니면 고양이의 한인지……"

"……"

"처음부터 교수님의 이상을 알아낸 것도 그녀였으니까요."

"그렇군요."

"만약……"

승우는 노 교수를 바라보며 쐐기를 박았다.

"교수님이 의학적 판단이 아닌 결과를 낳게 되면 그때 교수님을 구속하겠습니다."

*　　　*　　　*

"퇴근하세요!"

저녁 6시가 넘자 승우는 별관 검사실 수사관들을 내몰았다. 그 첫째가 차도형이었다. 와이프에게서 전화가 세 번이나 온 차였다. 눈치를 보니 오늘 장모가 오는 모양이었다.

"아무래도 계장님하고 석 반장님이 모범을 보이셔야겠습니다."

승우, 별수 없이 결재라인의 등을 밀었다.

검찰수사관도 직장인. 따라서 윗물들이 자리를 비워야 편하게 퇴근하기는 다른 직장인과 다르지 않았다.

"그럼 검사님이 먼저입니다."

두 왕고참이 역습을 해왔다.

"아, 저야 할 일 없는 싱글 아닙니까?"

승우가 항변을 했다.

"허헛, 그렇게 치면 나는 직장에서 숙식해야 합죠. 우리 집에서 늙은 가장 반기는 사람은 아무도 없습죠."

석 반장의 항변은 레벨부터 달랐다.

"에이, 그럼 오늘은 다 함께 퇴근합시다. 간만에 긴급 사건도 없으니……."

승우가 자리를 털고 일어섰다.

"어머, 저는 일가족 살해 사건 마무리해야 하는데……."

나수미가 승우를 바라보았다. 그 지시는 승우에게서 시작된 일이었다.

일가족 살해 사건!

한 중년 남자가 아내와 어린 아들딸을 죽인 사건이었다. 하지만 남자의 어머니가 찾아와 탄원을 했다.

며느리와 불화는 있었지만 애들까지 죽일 아들은 아니라는 것. 승우가 바쁜 사이에 석 반장과 권오길이 해결을 했다.

범인은 죽은 아내였다. 남자가 술주정을 마치고 잠든 사이, 두 아이를 죽이고 자신도 복부를 찔러 죽음을 택했다. 하필이면 잠든 남편의 소파 옆이었다.

경찰은 남자를 살인범으로 체포했다. 그 손에는 피 묻은 칼이 있었고 외부 침입은 없었다. 아내와 아이들이 죽었으니 범인은 남자가 당연해 보였다.

그걸 밝혀낸 게 주저흔이었다.

가정불화!

파국의 마지막으로 일가족 몰살을 꿈꾸는 가장. 그렇다고 해도 아이들이나 아내를 죽일 때는 '주저흔'이 있어야 했다. 전문 킬러가 아니라면 주저흔이 남기 때문이다.

주저흔은 칼을 한 방에 밀어 넣지 못한 흔적이다.

죽으려고 하면, 죽이려고 하면 망설임과 두려움이 따른다. 그 흔적이 남는 것이다. 그런데 이들 세 가족은 주저흔이 없었다.

남편의 학대에 삶을 포기한 우울증 아내. 더 이상 희망이 없다고 판단하고 아이들을 죽였다. 아이들을 죽인 아내는 남편 앞에서 스스로 목숨을 끊었다. 그리고 그 칼을 남편에게 쥐어주고 죽었다.

어떠냐, 네놈 때문에 우리는 다 죽는다.

그러니 이 모든 업보를 평생 안고 살거라.

저주의 극한…….

이럴 경우에는 주저흔이 남지 않는다.

그 해결은 석 반장이 시작이었다.

중견 형사 시절 유사한 경험을 했던 석 반장은 아내의 성향을 주사했다.

그리고 마침내 칼도 그녀가 준비하고, 결행을 암시하는 메모도 발견한 것이다. 결정적으로 주저흔이 없다는 것. 그 또한 희망을 완전히 버린 사람의 몫이라는 걸 증명함으로써 재수사의 개가를 올렸던 것이다.

"피의자 측에 통보하고 하루 연장해."

승우, 나수미의 족쇄를 풀어주었다.

"어, 그럼 시간 되는 사람은 나랑 대포나 한잔하자고."

석 반장이 바람을 잡자, 유 계장이 손을 들었다.

"그럼 저도 끼죠."

…하고 손을 들었지만 승우는 그럴 운이 아니었다. 하필 오 부장의 호출이 온 것이다.

"송 검사!"

부장 방에 들어서자 오 부장이 반가이 맞아주었다.

"일 잘되고 있지?"

소파로 내려온 그가 물었다.

"최선을 다하고 있습니다."

"사람 겸손하긴. 이젠 목에 힘 좀 줘도 돼. 옛날처럼……."

옛날처럼… 그러면서 뒷말은 살짝 흐리는 오 부장. 목에 힘은 주되 예전처럼 막나가지는 말라는 당부가 실려 있었다.

"지시하실 게 있습니까?"

"지시라니? 총장님 직계라인에게 감히……."

"부장님도……."

"눈치 차렸나?"

"말씀하시죠."

"오전에 대검에서 부장급 간부회의 있었잖아? 총장님이 회의 후에 부르시더라고."

"……."

"혹시 위안부 할머니 소송 얘기 들은 거 있나?"

"못 들었는데요?"

"하긴 자네야 몸이 열 개라도 모자라는 사람이니……."

오 부장은 물을 한 잔 넘기고 말을 이었다.

"고재분 할머니라고, 90세에 가까우신데 일본에서 거물을 상대로 개인적 위안부 소송 싸움을 하는 분이 계시네. 그런데 이 양반이 말도 못 하게 된 데다 위독하시다네."

"예……."

무슨 말을 하려는 걸까? 조금 지루했지만 승우는 내색하지 않았다.

"아무래도 사회적 관심도 있고 해서 경찰이 수사를 한 모양인데 주변에는 전혀 이상이 없고……. 집 부근에서 지푸라기 인형이 몇 개 나왔는데 그게 기묘하게도 그 할머니가 아프다는 부위에 검은색 나무 침이 꽂혀 있었다는 거야."

"뱅이굿이요?"

승우의 입이 자신도 모르게 열렸다.

"뱅이굿?"

"사람을 해코지 하는 굿을 그렇게 합니다. 숨어서 몰래 저주를 퍼부으며……."

"허어, 역시 송 검사는 다르군."

"그 범인은 잡았습니까?"

"아니, 경찰은 그냥 누군가 장난을 친 걸로 생각하고 넘어간 모양이더군."

"제가 시간 날 때 한 번 확인해 보겠습니다."

"그래 주시겠나? 위안부 할머니들 일은 첨예한 관심사라서……."

"예……."

"바쁘겠지만 신경 좀 써주시게. 아마 오래 살기 힘든 모양이야."

"알겠습니다."

승우는 인사를 두고 복도로 나왔다.

뱅이굿!

오랜만의 단어였다.

물론 사실인지 아닌지는 알 수 없는 일이었다. 경찰의 판단대로 장난이거나 우연한 발견일 수도 있기 때문이었다.

위안부 할머니의 뱅이굿 사건, 현해탄의 무속인 투신 사건, 거기에 더해 얼마 전에 일어난 무속인 쪽방 고독사까지 합치니 마음이 착잡해져 왔다. 다 좋지 않은 시그널이었다.

여기저기서 무속인들의 몰락이 보이는 것 같아 마음이 짠해졌다.

어쩌다… 어쩌다 여기까지 왔을까?

백여 년 전만 해도 민족신앙으로 존경받고 대우받던 사람들이… 그런 사람들이…….

*   *   *

밍글라바!

구름이 빽빽하게 낀 아침, 눈을 뜨자 민민이 싱싱한 인사를 건네 왔다. 허공을 나는 날갯짓도 씩씩해 보였다. 규리의 부적이 효험을 보이는 모양이었다.

규리의 부적!

참 신통방통한 놈이었다.

"민민, 밥 먹자!"

샤워를 마친 승우가 식탁보를 열었다. 식탁을 장식한 건 모힝가였다.

"우와, 모힝가잖아요?"

민민이 코를 벌름거리며 반색을 했다.

"어때? 그럴 듯하냐?"

"네!"

민민이 식탁 위에 내렸다.

모힝가는 승우의 비밀 작품이었다. 민민을 위해 동남아 식품 취급점에 따로 부탁을 했던 것. 그 택배가 어제 도착했기에 솜씨를 부려보았다.

하지만!

"……!"

승우는 인상을 찡그리고 말았다.

"맛없어요?"

모힝가를 먹던 민민이 물었다.

"제대로 미얀마가 아니라서 그런가 본데?"

승우가 웃었다.

"맞아요. 미얀마의 진짜 모힝가하고는 다르죠. 하지만 이게 어디예요?"

민민은 불평하지 않았다. 이 순간만은 민민이 승우보다 나았다.

해외여행을 나가면, 현지의 한국식품은 죄다 모양만 코리안 타입이다. 그래도 그게 어디야 라는 사람은 있게 마련. 그 또한 긍정적인 삶이 아닌가?

"기분 괜찮지?"

"네!"

승우가 묻고 민민이 대답했다. 젊은 여자만 하나 있다면, 딱 단란한 가정의 모습이었다.

기분 좋게 하루를 시작했다. 잔뜩 인상을 구긴 하늘도 신경 쓰이지 않았다.

병원에 내리자 승우를 기다리는 이현애가 보였다.

"검사님!"

"수술 시작 아닌가요?"

차에서 내린 승우가 물었다.

"맞아요. 검사님 오신다기에……."

"노 교수님은요?"

"교수님은……."

이현애가 말을 흐렸다.

"문제가 있나요?"

"그게 아니고… 글쎄 새벽 6시에 나오셨지 뭐예요? 제가 7시에 왔는데……."

이현애는 또 말을 흐린다.

"……."

"벌써 나오셔서 제 커피를……."

그리고 송글 맺히는 눈동자의 이슬…….

"저한테 고맙다고, 저 덕분에 모르던 걸 알았다고… 오늘 수술이 마지막이 될지도 모르지만 잘해보자고……."

"그래요?"

"다 말씀해 주셨어요. 연구실 고양이 사고 이야기……. 어제도 고양이가 안락사한 곳에 들러 명복을 빌었고, 아침에도 오는 길에 들러 헌화를 하고 오셨대요."

"네에……."

"검사님!"

"예?"

"우리 교수님 구속되는 건가요?"

"……."

"제발… 한 번만 봐주세요. 교수님은 다시는 그러지 않을 거예요."

그녀는 필사적이다. 슬퍼졌지만 동시에 부럽기도 했다.

노윤종. 이미 한 번 결혼했던 사람. 게다가 나이 차이도 적지 않은 남자. 그럼에도 불구하고 숭고한 마음으로 사랑을 바치는 그녀, 이현애.

"한 가지 물어도 될까요?"

승우가 시선을 들었다.

"네……."

"노 교수님께 고백하실 건가요? 당신의 마음……."

"아뇨!"

이현애가 고개를 저었다.

"왜죠?"

"어떻게… 어떻게 감히요. 저 같은 게……."

그녀, 이제 목소리까지 젖는다.

"당신이 뭐가 어때서요? 노 교수님은 당신이 살린 거예요. 당신의 사랑이, 당신의 관심이 아니었다면 노 교수님은 이미 파국을 맞았을지도 모릅니다."

"아뇨!"

이현애, 눈물 어린 눈동자로 도리질을 했다.

"교수님은 원래 겸허하고 실력 있는 분이세요. 제가 아니었더라도 교수님은 이 난국을 헤쳐 나가셨을 거예요."

광신도다. 이쯤 되면……

"실은 내가 노 교수에게 옵션을 걸었어요."

"들었어요."

"당신에게도 옵션을 걸어야겠군요."

"네?"

"노 교수님 수술이 무탈하게 끝나면 당신, 고백을 하세요. 그분이 받아들이든 말든……"

"검사님……"

"당신은 고백할 자격이 있습니다."

"……"

"가요, 수술 시간 임박입니다."

승우는 그녀를 앞서 걸었다. 뒤에 남겨진 이현애는 한동안 움직이지 않았다. 하지만, 그녀는 이내 성큼 발을 떼었다. 기어이 어려운 결단을 내리기라도 한 것처럼.

수술실에 스태프들이 들어섰다. 복부에 구멍이 뚫리고 배꼽 부위를 통해 기복 상태가 만들어졌다. 투관침이 들어가자 노윤종이 로봇조종기를 잡았다.

안경은 흰 테.

수술 전용인 그것이었다. 이현애가 수리를 해온 모양이었다.

노윤종 교수는 승우를 돌아보지 않았다. 마음을 비운 듯 수술에만 전념했다.

거기 서리는 또 하나의 무념무상. 승우는 규리에게 엿보이던 신인일체를 보았다.

의사도 수술장에서는 신인일체가 될 수 있었다. 그걸 노윤종이 보여주고 있었다. 그는 마치 자기 손처럼 로봇을 조종했다.

근종은 검사자료보다 약간 컸다. 하지만 위치가 좋지 않았다. 뿌리가 자궁벽에 유착된 것이다.

근종을 당겨 자궁벽에 착상된 상태를 확인한 노윤종, 마치 박피를 하듯 섬세하게 근종을 도려내기 시작했다.

그건 정말 박피의 미세수술이었다. 숙련된 성형의사들이나 시전하는 그런……

'굉장하군.'

승우는 하마터면 박수를 칠 뻔했다. 그만큼 노 교수의 수술은 압도적이었다.

명의가 왜 명의인지 알 것 같았다.

여론이 만든 의사가 아니었다. 광고가 만든 의사가 아니었다. 그의 말대로 그는, 오직 환자를 위해 궁리하고 연구한 의사였다.

수술을 마친 의사 노윤종, 그는 승우가 아니라 스태프들을 향해 돌아섰다. 그리고 정중한 인사를 올리더니 스스로 양심선언을 해버렸다.

"여러분!"

그 목소리가 담담하게 수술실을 울렸다.

"저는 그동안 몇 차례 과실이 있었습니다. 여러분도 잘 알 것입니다. 비겁하게도, 그때 고백하지 못하고 이제야 여러분에게 고백을 합니다. 그로 인하여 여러분까지 이런저런 조사와 항의에 시달리게 하여 진심으로 송구하게 생각합니다."

이 사람……

뜻밖의 상황에 놀랐지만 승우, 말리지는 않았다. 노 교수의 고백은 계속 이어졌다.

"궁색하게 변명하지 않겠습니다. 돌아보건대 여러분 모두가 함께 이룬 영광을 오직 제 몫으로 생각한 만용에 대한 징벌이자 뼈저린 반성을 통해 거듭나라는 가르침인 것 같습니다. 따라서 저는 오늘, 여러분께 사과하고 제가 과실을 저지른 환자들에게도 사과한 후에 이 자리를 물러날까 합니다."

'응?'

승우의 미간이 일그러졌다. 노 교수가 너무 멀리 나가고 있었다.

"그동안 부족한 저를 도와 애쓰신 여러분께 다시 한 번 감사를 드립니다."

노 교수가 고개를 숙이자, 스태프들은 기어이 울음을 터뜨리고 말았다.

"교수님, 말도 안 돼요."

"맞아요. 그게 교수님 잘못이라면 저희도 책임이 있습니다."

스태프들은 일동 고개를 저었다.

"교수님이 그만 두시면 저희도 그만두겠습니다. 그게 죄가 된다면 저희도 벌을 받겠습니다."

수련의 어상화가 먼저 나서 짐을 나눠들었다.

"저희도요, 그만 두시려면 저희들 사표부터 처리하고 가주세요."

간호사들도 간곡하다.

크흠!

승우가 나설 타이밍이었다.

"아실는지 모르지만 검찰청 송승우 검사입니다."

그 한마디에 스태프들의 이목이 승우에게 쏠려왔다.

"그렇잖아도 자궁적출 과실에 대해 투서가 접수되어 내사를 벌여왔는데 저희 검찰의 입장으로는……."

승우는 스태프들 하나하나의 얼굴을 돌아본 후에 또렷하게 말을 이었다.

"노 교수님은 무죄입니다!"

"와아아!"

눈물의 바다였던 수술장에 환호가 울려퍼졌다.

"노 교수님!"

스태프들이 노 교수 곁으로 몰려들었다. 어리둥절해하는 노 교수를 두고 승우는 수술장을 나왔다.

더는 이 일에 개입하지 않아도 될 것 같았다.

명의 노윤종은 고양이 사건 이전의 명의로 돌아갔다. 복도로 나오자 장미다발을 들고 들어서는 꽃배달원이 보였다.

승우는 저 꽃이 어디에 쓰일지를, 그리고 누가 저 꽃을 쓸지도 알았다.

고양이의 저주는 사라졌다. 그 한도 사라졌다.

새 출발, 이제 새 출발이다.

승우는 빌었다.

그들의 새 출발이 아름답기를, 노윤종을 찾아오는 모든 환자들에게 축복이 깃들기를. 그리하여 더 활기찬 대한민국이 되도록!

『빠라끌리또』8권에 계속…

이제부터 전자책은

이젠북

www.ezenbook.co.kr

새로운 세계가 열린다!

김재한 『성운을 먹는 자』　　철백 『대무사』
니콜로 『마왕의 게임』　　가프 『궁극의 쉐프』
이경영 『그라니트:용들의 땅』　　문용신 『절대호위』
탁목조 『일곱 번째 달의 무르무르』　　천지무천 『변혁 1990』
강성곤 『메이저리거』　　SOKIN 『코더 이용호』

이름만 들어도 황홀할 정도의 별들의 향연!
이들의 "유료연재"가 시작됩니다!

검색창에 **이젠북**을 쳐보세요! ▼

초대형 24시 만화방

신간 100%, 샤워실, 흡연실, 수면실(침대석), 커플석, 세탁기 완비

■ 강북 노원역점 ■

서울 노원구 상계동 340-6 노원역 1번 출구 앞 3층
02) 951-8324 (화용빌딩 3층)

■ 일산 정발산역점 ■

경찰서 ●
정발산역 ●

제2 공영주차장 ●
롯데백화점

24시 만화방

| E | C | A |
| F | D | B |

라페스타

라페스타 E동 건너편 먹자골목 내 객잔건물 5층
031) 914-1957

■ 일산 화정역점 ■

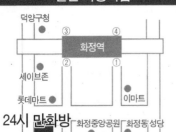

경기도 고양시 덕양구 화정동 984번지 서일빌딩 7층
031) 979-4874 (서일사우나 건물 7층)

■ 부천 역곡역점 ■

역곡역(가톨릭대)

● CGV

역곡남부역 사거리

24시 만화방

홈플러스

삼성 디지털프라자

역곡남부역 기업은행 건물 3층
032) 665-5525

■ 부평역점 ■

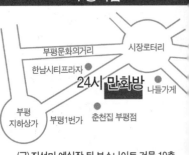

(구) 진선미 예식장 뒤 보스나이트 건물 10층
032) 522-2871

월야환담

채월야 · 홍정훈 장편 소설

"미친 달의 세계에 온 것을 환영한다!"

서울을 중심으로 펼쳐지는 뱀파이어, 그리고 뱀파이어 사냥꾼들의 이야기!
한국형 판타지의 신화, 월야환담 시리즈 애장판
그 첫 번째 채월야!

검자 新무협 판타지 소설

FANTASTIC ORIENTAL HEROES

목탁

해적으로 바다를 누비던 청년,
절해고도에 표류해… 절대고수를 만나다!

"목탁은 중생을 구제하는
좋은 이름일세"

더 이상 조무래기 해적은 없다!
거칠지만 다정하고, 가슴속 뜨거운 것을 품은

목탁의 호호탕탕 강호행에
무림이 요동친다!

Book Publishing CHUNGEORAM

유행이|아남저유추구
WWW.chungeoram.com

사략함대 장편소설

FUSION FANTASTIC STORY

2016년 대한민국을 뒤흔들 거대한 폭풍이 온다!

『법보다 주먹!』

깡으로, 악으로 밤의 세계를 살아가던 박동철.
그는 어느 날 싱크홀에 빠진다.

정신을 차린 박동철의 시야에 들어온 건 고등학교 교실.
그리고 그에게 걸려온 의문의 ARS는 그를 새로운 인생으로 이끄는데……

빈익빈 부익부가 팽배한 세상, 썩어버린 세상을 타파하라!

법이 안 된다면 주먹으로!
대한민국을 뒤바꿀 검사 박동철의 전설이 시작된다!

Book Publishing CHUNGEORAM

유행이 아닌 자유추구 -
WWW.chungeoram.com